Το Ελιξήριο της Ζωής

Στους άγγελους της ζωής μου
Τον Κώστα, τη Μαίρη, τον Γιάννη
Και
Τους γονείς μου, Στέλιο και Μαίρη

Κατασκευή Εξωφύλλου: Εκδόσεις Μέθεξις
Επιμ. Έκδοσης: Εκδόσεις Μέθεξις

Κεραμοπούλου 5, Θεσσαλονίκη ΤΚ 546 22
Τηλ. - Fax: 2310-278301
e-mail: info@metheksis.gr
www.metheksis.gr

ISBN: 978-960-6796-43-2

Αριθμός Έκδοσης: 70

Αμαλία Πικρίδου Λούκα

Το Ελιξήριο της Ζωής

Θεσσαλονίκη 2014

Ο Ρίτσαρντ Σμιθ ήταν ένας απ' τους πλουσιότερους ανθρώπους στον πλανήτη. Είχε γεννηθεί σε μια μικροαστική οικογένεια κι οι γονείς του φρόντισαν να μεγαλώσει σ' ένα ήρεμο περιβάλλον γεμάτο αγάπη. Ήταν ένα γλυκό, ευαίσθητο παιδί με πολύ καλή ανατροφή κι άριστους τρόπους. Η απόφαση των γονιών του όμως να τον στείλουν σε ιδιωτικό σχολείο, στο οποίο φοιτούσαν κυρίως παιδιά εύπορων οικογενειών, έμελλε ν' αλλάξει ριζικά την ζωή του.

Ήταν μόλις έντεκα χρονών. Η σκληρότητα που συνάντησε στο σχολείο άρχισε να χύνει το δηλητήριο της στην αγνή του ψυχή. Τα ειρωνικά χαμόγελα που συνόδευαν το πέρασμά του καρφώνονταν σαν βέλη στην καρδιά του. Τι είχε κάνει για να τυγχάνει αυτής της μεταχείρισης; Μα ήταν απλό! Ο Ρίτσαρντ δεν ερχόταν στο σχολείο με λιμουζίνα, ούτε τα ρούχα του συγκαταλέγονταν στις τελευταίες επώνυμες κολεξιόν της χρονιάς και το χειρότερο, το όνομα του πατέρα του δεν φιγούραρε σε καμιά εφημερίδα ή περιοδικό. Ήταν μια κόλαση γι' αυτόν αλλά δεν ήθελε να πικράνει τους γονείς του, οι οποίοι κοπίαζαν καθημερινά για να εξασφαλίσουν τα ψηλά δίδακτρα που απαιτούσε το σχολείο.

Γρήγορα κατάλαβε την δύναμη του χρήματος κι υποσχέθηκε στον εαυτό του ότι κάποια μέρα, όλοι αυτοί, θα υποκλίνονταν μπροστά του. Όλο το χρόνο του τον ξόδευε διαβάζοντας ενώ τα καλοκαίρια δούλευε σκληρά. Με τα πρώτα χρήματα που κέρδισε αγόρασε ένα ηλεκτρονικό υπολογιστή και με τα υπόλοιπα παρακολουθούσε μαθήματα ηλεκτρονικών υπολογιστών που λάτρευε.

Τα χρόνια πέρασαν κι ο Ρίτσαρντ κατάφερε με πολλές στερήσεις και δουλειά να διαπρέψει ως απόφοιτος ενός απ' τα καλύτερα πανεπιστήμια του κόσμου στα χρηματοοικονομικά. Μελετούσε από νεαρή ηλικία τις διακυμάνσεις των χρηματιστηρίων κι όλων των πιθανών πηγών χρήματος σ' όλο τον κόσμο κι είχε γίνει αυτοσκοπός του η δημιουργία μιας τεράστιας περιουσίας. Είχε γίνει ένας πιστός δούλος του χρήματος κι ένας σκληρός υπολογιστής. Αποφάσισε να εκμεταλλευτεί στο έπακρο την ματαιοδοξία των ανθρώπων και την δίψα τους για το εύκολο κέρδος. Συνήθιζε να παρουσιάζεται πάντα σαν γόνος πλούσιας οικογένειας με διασυνδέσεις κι η πειθώ του φαινόταν να έχει τρομερή απήχηση. Κατάφερε να εργοδοτηθεί και να φτάσει στα ψηλότερα σκαλοπάτια ενός απ' τους μεγαλύτερους χρηματοοικονομικούς οργανισμούς στον κόσμο. Πολύ γρήγορα γνώρισε σημαντικούς ανθρώπους κι άρχισε να κινείται στους υψηλούς κύκλους της χώρας του. Τότε ήταν, που αποφάσισε να βάλει μπροστά τα μεγαλεπήβολα σχέδια του.

Ενοικίασε λοιπόν, ένα διαμέρισμα αρκετά έξω απ' την πόλη κι εγκατέστησε σ' αυτό ένα τελευταίου τύπου ηλεκτρονικό υπολογιστή κι ένα σύστημα υποκλοπής τηλεφωνημάτων και πληροφοριών απ' τα τηλέφωνα και τους ηλεκτρονικούς υπολογιστές μεγάλων εταιριών. Είχε πλέον την άνεση να κινείται σ' αυτούς τους χώρους λόγω των γνωριμιών του και κανένας δεν μπορούσε να τον υποψιαστεί. Όλοι τον εκτιμούσαν και τον εμπιστεύονταν. Κατάφερε να τοποθετήσει κοριούς στα τηλέφωνα κι ακόμα να επέμβει στα κεντρικά κουτιά των τηλεφωνικών γραμμών των εταιρειών αυτών. Μέσω των υποκλοπών και διαφόρων μισόλογων που άκουγε από ανώτερα στελέχη των εταιριών κατάφερνε να συγκεντρώνει ένα τεράστιο όγκο πληροφοριών.

Μ' ένα φαύλο κύκλο εταιρειών, τις οποίες είχε δημιουργήσει για να είναι πολύ δύσκολο να βρούνε τα ίχνη του, φρόντιζε να κάνει αγορές μεγάλων πακέτων μετοχών των εταιρειών που σκόπευαν να εξαγοράσουν οι συγκεκριμένοι επιχειρηματίες, μ' αποτέλεσμα όταν αυτοί άρχιζαν να υλοποιούν τα σχέδια τους κι οι τιμές των μετοχών πήγαιναν στα ύψη, αυτός πουλούσε. Οι έξοδοι που έκανε ήταν πραγματικά θεαματικές και σε λίγο χρονικό διάστημα είχε δημιουργήσει μια αρκετά μεγάλη περιουσία. Ευτυχώς γι' αυτόν κατάλαβε γρήγορα ότι κάποιοι άρχισαν να κάνουν αθόρυβα έρευνες για τις εταιρείες του και φρόντισε να φυγαδεύσει τα χρήματα του σε διάφορους φορολογικούς παραδείσους ανά τη γη.

Το ενδιαφέρον του εν τω μεταξύ, είχε επικεντρωθεί σ' αναδυόμενες αγορές τριτοκοσμικών χωρών. Εκεί ήταν ευκολότερο να παίξει τα επικίνδυνα παιγνίδια του. Όμως χρειαζόταν περισσότερα χρήματα.

Αποφάσισε λοιπόν να δημιουργήσει ιστοσελίδες με κύριο θέμα τον τζόγο, για να καταφέρει να συγκεντρώσει το ποσό που χρειαζόταν. Αρχικά, η δίψα του για εκδίκηση προς τους συμμαθητές του κι αργότερα η λατρεία του για το χρήμα και τ' αγαθά τον είχαν μετατρέψει σ' ένα ανθρωπόμορφο τέρας. Κατάφερε να δημιουργήσει δύο απ' τις καλύτερες και μεγαλύτερες σ' αριθμό πρόσβασης ιστοσελίδες. Είχε επινοήσει παιγνίδια στοιχημάτων και τυχερά παιγνίδια που είχαν τρομερή απήχηση στους χρήστες, μέλη των ιστοσελίδων του, που ανέρχονταν σ' εκατοντάδες χιλιάδες. Αρκετά συχνά διοργάνωνε διαγωνισμούς κι έδινε μεγάλα χρηματικά ποσά. Κέρδιζε πάρα πολλά χρήματα τόσο απ' τα δικαιώματα των παιγνιδιών όσο κι απ' τις διαφημιστικές εταιρείες που έκαναν link με τις ιστοσελίδες του. Είχε γίνει πια εκατομμυριούχος. Όμως αυτό δεν του αρκούσε...

Εκείνο τον καιρό σε κάποια απ' αυτές τις χώρες όπου γίνονταν κινήσεις για την δημιουργία χρηματιστηρίου, πρόσεξε ότι η νομοθεσία ήταν ανεπαρκής κι η πρόσβαση και τα επικίνδυνα παιγνίδια, θα ήταν εύκολη. Μελέτησε καλά τον στόχο του: η χώρα ήταν πλούσια, ο θεσμός του χρηματιστηρίου μόλις είχε αρχίσει να υλοποιείται -πράγμα που σήμαινε ότι οι επενδυτές θα ήταν σε πλήρη άγνοια- κι οι υπεύθυνοι αδαείς... Ο τέλειος στόχος για ένα γερό παιγνίδι.

«Ίσως είναι η πραγματική ευκαιρία της ζωής μου», σκέφτηκε.

Παρουσιάστηκε σαν αντιπρόσωπος μιας μεγάλης εταιρείας αμοιβαίων κεφαλαίων. Όπως το είχε προβλέψει, τον υποδέχτηκαν μ' ανοιχτές αγκάλες χωρίς καν να ελέγξουν αν τα στοιχεία που τους έδωσε ήταν αληθινά.

Πλήρωσε αδρά μια ομάδα ατόμων, των οποίων δουλειά τους ήταν να σκορπούν φήμες για δήθεν επικείμενες κινήσεις εταιρειών. Στο παιγνίδι μπήκαν κι άλλες ντόπιες νεοσύστατες χρηματιστηριακές εταιρείες. Τον βόλευε αφάνταστα αυτό. Οι απλοί επενδυτές άρχισαν να πέφτουν σαν τα ποντίκια στην παγίδα. Το παιγνίδι άρχισε να γίνεται σκληρό κι όλοι, οι άμεσα εμπλεκόμενοι, χρηματίζονταν απ' τους ντόπιους χρηματιστές και τον ίδιο ενώ ο πυρετός του εύκολου κέρδους είχε ξαπλωθεί σ' όλα τα στρώματα των κατοίκων της χώρας. Γινόταν μια καθημερινή πλύση εγκεφάλου απ' όλα τα μέσα μαζικής ενημέρωσης κι ο Ρίτσαρντ δεν μπορούσε ποτέ να φανταστεί ότι θα βρισκόταν αντιμέτωπος με μια τόσο βολική κατάσταση.

«Είχε κάνει την καλύτερη επιλογή που θα τον έκανε πολυεκατομμυριούχο», σκεφτόταν, ενώ μια σκληρή ικανοποίηση απλωνόταν στη ψυχή του. Άρχισε αργά αλλά σταθερά, όταν πια εκείνοι που ανέβαζαν τις τιμές των μετοχών δεν ήταν οι χρηματιστές αλλά οι επενδυτές, να πουλά. Έφυγε απ' την χώρα αυτή παίρνοντας μαζί του ότι δεν είχε ονειρευτεί ούτε στα πιο τρελά του όνειρα. Μερικούς μήνες αργότερα διάβασε ότι στη συγκεκριμένη χώρα υπήρξε ένα φοβερό κραχ στο χρηματιστήριο μ' όλα τα θλιβερά επακόλουθα: οι εφημερίδες ανέφεραν ότι οι ξένοι επενδυτές είχαν απομυζήσει απ' την αγορά τεράστια κεφάλαια κι είχαν φύγει καταστρέφοντας χιλιάδες οικογένειες. Τι τον ένοιαζε; «Ας πρόσεχαν...», σκέφτηκε και γέλασε σαρκαστικά.

Ο ίδιος είχε επιστρέψει στην χώρα του, είχε αγοράσει ένα παλιό μεσαιωνικό κάστρο που είχε μετατρέψει σε υψηλών προδιαγραφών έπαυλη με είκοσι υπνοδωμάτια, δυο γραφεία, πέντε καθιστικά και δύο κουζίνες. Ο αγαπημένος του χώρος ήταν ένα μικρό ιδιαίτερα κομψό μπαράκι, δίπλα απ' την εξωτερική πισίνα της έπαυλης, στο οποίο απολάμβανε το ποτό του τις λίγες ώρες που βρισκόταν σπίτι, ατενίζοντας τον υπέροχό του κήπο στρωμένο με κάθε λογής υπέροχα λουλούδια και δέντρα. Εκεί έβρισκε για λίγες στιγμές τον παλιό καλό του εαυτό κι αναπολούσε τα χρόνια ηρεμίας κι αγάπης στην αγκαλιά της οικογένειάς του. Πόσο είχε αλλάξει αλήθεια!

«Όμως», σκεφτόταν, «είχε πετύχει πολλά στη ζωή του». Τουλάχιστον από επαγγελματικής κι οικονομικής απόψεως, γιατί όσο αφορούσε την προσωπική του ζωή, ένιωθε πραγματικά μόνος. Περιτριγυριζόταν από ανθρώπους που το μοναδικό πράγμα που αναγνώριζαν ήταν το χρήμα. Δεν υπήρχαν αισθήματα, δεν υπήρχαν φιλίες. Τον πονούσε αυτό, αλλά δεν ήθελε να το παραδεχτεί...κι ο ίδιος, είχε πέσει με τα μούτρα στη δουλειά αφού ένιωθε ότι του γέμιζε όλα τ' άλλα κενά στη ζωή του.

Είχε δημιουργήσει μια τεράστια εταιρεία που ασχολείτο με κτηματομεσιτικά, κατασκευές και διαφήμιση. Είχε καταστρέψει πολλούς κι είχε πατήσει επί πτωμάτων αλλά τα κατάφερε. Κυριαρχούσε στην αγορά. Κανείς δεν τολμούσε να ζητήσει διαφημιστική εκστρατεία από άλλη ανταγωνιστική του εταιρεία γιατί τον φοβόντουσαν. Είχε ακόμα αγοράσει τεράστιες εκτάσεις γης στις οποίες έχτισε ολόκληρες πόλεις και δεν είχε πουλήσει τίποτα. Τα έσοδα απ' τα ενοίκια ήταν τεράστια.

Κοινωνικά, ήταν πανταχού παρών ο Ρίτσαρντ. Καλεσμένος στα πιο φανταχτερά ιδιωτικά πάρτι, έκανε μια ζωή των άκρων, είχε δοκιμάσει τα πάντα κι είχε αρχίσει να βαριέται αυτούς τους ξέφρενους ρυθμούς. Ήταν τριάντα χρονών. Ένας άντρας επιτυχημένος, ελκυστικός, χορτασμένος απ' την ζωή αλλά μόνος... Φοβερά μόνος.

Προσπαθούσε με κάθε τρόπο να σβήσει αυτή τη μοναξιά αλλά δεν τα κατάφερνε. Κάποιες φορές που θέλησε να προσεγγίσει κάποιους ανθρώπους κατάλαβε ότι γενικώς επικρατούσε μια αντιπάθεια ως προς τ' άτομό του, λόγω των χειρισμών που είχε κάνει στην προσπάθειά του να επιτύχει τους σκοπούς του. Καταλάβαινε ότι ο μόνος λόγος που του μιλούσαν ήταν τα χρήματα κι η δύναμη που του πρόσδιδαν.

Εκείνες τις μέρες ένιωθε φοβερά κουρασμένος, απογοητευμένος κι εκνευρισμένος. Σ' όλα αυτά ήρθε να προστεθεί κι η παραίτηση της ιδιαιτέρας του που κρατούσε ένα μεγάλο βάρος των επιχειρήσεων του. Έπρεπε να μείνει σπίτι της , είπε, γιατί την χρειάζονταν τα παιδιά της. Σκέφτηκε την δική του μητέρα και δεν της τ' αρνήθηκε. Ήταν όμως πολύ δύσκολο να βρει μια καινούρια ιδιαιτέρα γιατί είχε βγάλει κακό όνομα στην αγορά, σαν σκληρός εργοδότης που ήταν.

Οι μέρες περνούσαν και δεν υπήρξε ενδιαφέρον. Άρχισε να σκέφτεται ότι δεν έκανε καλά που έδειξε τόση ευαισθησία κι αποδέχτηκε αμέσως την παραίτησή της. Σήκωσε το τηλέφωνο να της τηλεφωνήσει όταν κτύπησε δειλά η πόρτα.

«Παρακαλώ;» απάντησε.

Μια κοπέλα εμφανίστηκε στο κατώφλι. Ήταν ντυμένη μ' ένα παλιομοδίτικο γκρίζο ταγιέρ, είχε τα μαλλιά δεμένα ψηλά στο κεφάλι και φορούσε τεράστια γυαλιά μυωπίας. Πλησίασε προς το γραφείο του. Έδειχνε κάπως φοβισμένη. Του έδωσε ένα φάκελο.

«Με συγχωρείτε κύριε. Ονομάζομαι Έρικα Ουίλσον κι αυτό είναι το βιογραφικό μου σημείωμα. Ενδιαφέρομαι για την θέση της ιδιαιτέρας γραμματέως που ζητάτε».

«Έχετε προηγούμενη πείρα σε τέτοια θέση δεσποινίς;» την ρώτησε.

«Δυστυχώς όχι κύριε», του απάντησε φανερά στεναχωρημένη.

Ο Ρίτσαρντ έβγαλε το βιογραφικό σημείωμα απ' το φάκελο κι άρχισε να το διαβάζει. Παρόλο που η κοπέλα δεν είχε πείρα, φαινόταν να πληρεί τα προσόντα που ζητούσε.

«Μήπως έχω κι άλλη επιλογή;» αναρωτήθηκε.

Της έκανε μια σύντομη συνέντευξη και την πληροφόρησε ότι άρχιζε δουλειά την επόμενη μέρα. Η κοπέλα χάρηκε.

«Δεν θα σας απογοητεύσω κύριε», του είπε χαμογελώντας.

«Το ελπίζω», της απάντησε ξερά.

Την επόμενη μέρα η Έρικα έδειξε πολύ περισσότερες ικανότητες απ' ό,τι αυτός περίμενε. Μπήκε γρήγορα στο πνεύμα της δουλειάς και βρέθηκε σε μικρό χρονικό διάστημα να ελέγχει πολύ περισσότερα πράγματα απ' ό,τι η προηγούμενη ιδιαιτέρα του Ρίτσαρντ.

Έχοντας βαρεθεί όλες εκείνες που γνώριζε, κυρίως λόγω της ελαφρότητάς τους, ο Ρίτσαρντ της ζήτησε να γίνει η μόνιμη συνοδός του σ' επαγγελματικά δείπνα και βαρετές εκδηλώσεις. Ένιωθε όμορφα κοντά της. Ήταν σοβαρή, έξυπνη κι αγνή. Μια κοπέλα που έκανε τον Ρίτσαρντ ν' αναπολεί την οικογενειακή θαλπωρή. Παρόλα αυτά, η στάση της Έρικα ήταν απόμακρη κι εντελώς τυπική κι έτσι ο Ρίτσαρντ ήταν υποχρεωμένος να κρατήσει τους τύπους για να μην την χάσει.

Στην προσπάθειά του να βρει κάποιο ενδιαφέρον στην ζωή του άρχισε ν' ασχολείται με τη συλλογή έργων τέχνης. Είχε δημιουργήσει μια πανέμορφη συλλογή από αρχαία και πίνακες ανεκτίμητης αξίας που τη στέγαζε σ' ένα δωμάτιο ειδικά διαμορφωμένο στο σπίτι του.

Εκείνο το καλοκαίρι, οι άνθρωποί του τον είχαν ειδοποιήσει ότι θα γινόταν μια ιδιαίτερη δημοπρασία από πολύ αρχαίες μάσκες σε κάποιο νησί της Καραϊβικής. Αποφάσισε να παρευρεθεί ο ίδιος για να το συνδυάσει και με λίγες μέρες διακοπών.

«Άλλωστε τ' άξιζε», σκέφτηκε. Είχε χρόνια να κάνει πραγματικές διακοπές και σκέφτηκε ότι ήταν μια καλή δικαιολογία για να πάρει και την Έρικα μαζί του.

Η μέρα έφτασε. Την περίμενε στο αεροδρόμιο. Καθόταν στην καφετέρια όταν την είδε να πλησιάζει κι έμεινε να την κοιτάζει αποσβολωμένος. Αυτή δεν ήταν η Έρικα που ήξερε! Αυτή ήταν μια γυναίκα που οπωσδήποτε τράβηξε σαν μαγνήτης όλα τα βλέμματα των ανδρών που βρίσκονταν εκείνη τη στιγμή στην καφετέρια. Φορούσε ένα εφαρμοστό τζιν κι ένα κοντό φανελάκι που τόνιζαν τις τέλειες αναλογίες του κορμιού της. Τα μαλλιά της έπεφταν σε μπούκλες ανάλαφρα στους ώμους της. Το πρόσωπο της ήταν αγγελικά φτιαγμένο ενώ δεν φορούσε πια εκείνα τα τεράστια γυαλιά μυωπίας και τα μεγάλα εκφραστικά μαύρα μάτια της τον κοίταζαν εξεταστικά.

«Εξεταστικά;» αναρωτήθηκε πανικόβλητος, «Λες να διάβασε τις σκέψεις μου;» Της χαμογέλασε καθώς κάθισε στο τραπέζι του και προσπάθησε να σπάσει τη στιγμή αμηχανίας που ακολούθησε.

«Άργησες», της είπε.

«Με συγχωρείτε κύριε Σμιθ αλλά είχε πολλή κίνηση και...». Δεν την άφησε να τελειώσει...

«Δεν πειράζει»,της είπε, «ας ετοιμαστούμε για επιβίβαση».

Στ' αεροπλάνο αντάλλαξαν πολύ λίγες, μάλλον τυπικές, κουβέντες αλλά ο Ρίτσαρντ δεν σταμάτησε λεπτό να την παρατηρεί με την άκρη του ματιού του.

Όταν έφτασαν στο ξενοδοχείο πήγαν κι οι δυο απευθείας στα δωμάτια τους κι ετοιμάστηκαν για την δημοπρασία που θ' άρχιζε σε μια ώρα.

Ο Ρίτσαρντ δεν έδειξε ιδιαίτερο ενδιαφέρον για τις μάσκες κι έτσι δεν αγόρασε καμιά.

«Λυπάμαι», του είπε η Έρικα.

«Δε βαριέσαι», της είπε, «δεν μου άρεσε καμιά. Τι λες; Πάμε για δείπνο απόψε μαζί να ξεκουραστούμε κιόλας;»

Η Έρικα δεν αρνήθηκε. Θα έμεναν τέσσερις μέρες εκεί κι ο Ρίτσαρντ είχε καταστρώσει ολόκληρο πρόγραμμα για να δουν και να δοκιμάσουν τα πάντα. Η Έρικα έδειχνε να το διασκεδάζει.

Την τελευταία νύχτα ο Ρίτσαρντ είχε διαλέξει ένα απ' τα πιο όμορφα και ρομαντικά εστιατόρια του νησιού. Ήταν όλο κατασκευασμένο από ξύλο της περιοχής κι ήταν χτισμένο στην άκρη του κύματος πάνω σε ξύλινους πασσάλους. Όλα τα τραπέζια κι οι καρέκλες ήταν από μπαμπού. Απαλά κίτρινα τραπεζομάντιλα ήταν στρωμένα σε κάθε τραπέζι. Σ' ολόκληρο το εστιατόριο, υπήρχαν τοποθετημένα αρωματικά κεριά ενώ σε κάθε τραπέζι πανέμορφες ορχιδέες επέπλεαν σε χάλκινα δοχεία γεμάτα με νερό και πολλά γυαλιστερά πετραδάκια κάθε λογής συμπλήρωναν την διακόσμηση. Γύρω απ' την βεράντα του εστιατορίου υπήρχαν κρεμασμένα κυλινδρικά φανάρια που έλαμπαν σ' απαλά χρώματα. Τα πιάτα ήταν τεράστια όστρακα ενώ τα ποτά σερβίρονταν σε καρύδες στολισμένα με διάφορα αστραφτερά στολίδια. Σε μία γωνιά του εστιατορίου υπήρχε μια τριμελής μπάντα που έπαιζε νωχελικά νησιώτικους μαγευτικούς ρυθμούς. Το φαγητό ήταν καταπληκτικό. Είχαν δοκιμάσει όλα τα οστρακοειδή κι είχαν πιει όλα τα ποτά που τους σύστησε ο νεαρός σερβιτόρος. Έφυγαν από εκεί ευτυχισμένοι και ...μεθυσμένοι! Περπατούσαν κατά μήκος της απέραντης παραλίας με το φεγγάρι να λάμπει ολόγιομο και την θάλασσα να παίζει με τις αχτίδες του.

«Κοίταξε», της είπε ο Ρίτσαρντ και της έδειξε το φεγγάρι και το φωτεινό ποτάμι που σχημάτιζε στη θάλασσα. Ένα κανό περνούσε εκείνη τη στιγμή λίγο πιο μακριά κι η σκιά της σιλουέτας του μοναχικού ψαρά συμπλήρωναν την ποιητική εικόνα. Η ατμόσφαιρα ήταν ζεστή. Ο παφλασμός των κυμάτων που έσπαζαν στα μικρά πετραδάκια της ακτής ηχούσε σαν τραγούδι της φύσης. Ήταν όλα τόσο μαγευτικά! Κοιτάχτηκαν... Το ποτό τους είχε θολώσει το μυαλό κι οι αισθήσεις τους είχαν φτάσει στο αποκορύφωμα τους... Δεν υπήρχε πια λογική.... Τα χείλη τους έσμιξαν. Στην αρχή απαλά, τρυφερά... Μετά καυτερά, με πάθος. Βυθίστηκαν σε μια δύνη. Όλα γύριζαν γλυκά αλλά κι άγρια. Ο Ρίτσαρντ άρχισε να της ξεκουμπώνει αργά τα κουμπιά της μπλούζας της. Τα δάχτυλά του χάραζαν πύρινους κύκλους στις καμπύλες του κορμιού της... Απαλά, ερεθιστικά... Της αφαίρεσε και το τελευταίο ρούχο και βάλθηκε να κοιτάζει το υπέροχο κορμί της ενώ πετούσε βιαστικά τα ρούχα του τριγύρω. Ξάπλωσαν στη ζεστή άμμο. Ο Ρίτσαρντ την ποθούσε σαν κολασμένος. Τα χείλη του δοκίμαζαν σπιθαμή με σπιθαμή την γεύση του κορμιού της, αργά...βασανιστικά. Η Έρικα αναριγούσε σε κάθε του άγγιγμα. Ήταν γλυκά τυραννικό αυτό που της έκανε κι ο πόθος έκαιγε όλο της το κορμί. Ένιωθε το σφριγηλό του σώμα πάνω στο δικό της. Τα δάχτυλά της ακολουθούσαν ηδονικά τις μυώδεις γραμμές του. Τον ήθελε... Τον ήθελε δικό της. Ο πόθος είχε τρελάνει και τους δυο. Τα κορμιά τους ενώθηκαν κάνοντάς τους να αναστενάζουν βαθιά. Το πάθος έλεγχε πια τα πάντα. Μια στιγμή απόλυτης εκστασιακής αρμονίας ακολούθησε. Η Έρικα σπαρταρούσε στην αγκαλιά του. Τον τρέλαιναν οι σπασμοί του κορμιού της. Την κρατούσε σφικτά...

«Αγάπη μου», της ψιθύρισε λαχανιασμένος.

Οι πρώτες ηλιαχτίδες τους βρήκαν στα δωμάτια τους. Δεν μπορούσαν να θυμηθούν πώς έφτασαν εκεί.

Η Έρικα σηκώθηκε και στάθηκε μπροστά στο παράθυρο βυθίζοντας τη ματιά της στη γαλήνια θάλασσα.

«Πώς τα έχω καταφέρει έτσι;» αναρωτήθηκε.

Αυτή! Μία απόφοιτος μιας απ' τις καλύτερες σχολές στο κόσμο στη διεύθυνση επιχειρήσεων, κόρη ενός απ' τους πιο διαπρεπείς επιχειρηματίες της χώρας που ο Ρίτσαρντ είχε κυνηγήσει με λύσσα μέχρι να τον καταστρέψει. Είχε έρθει να εργαστεί κοντά του παρουσιάζοντας τον εαυτό της σαν γραμματέα, μ' όλο το μίσος που έτρεφε γι' αυτόν, με σκοπό να τον εκδικηθεί και τι είχε καταφέρει; Τον ερωτεύτηκε παράφορα! Τον βοηθούσε στις επιχειρήσεις του και χτες βράδυ...

«Όχι!» σκέφτηκε, «πρέπει να φύγω από κοντά του. Θα βρω κάπου αλλού δουλειά και θα τον ξεχάσω».

Έπρεπε να βρει δουλειά!... Έπρεπε...! Ο Ρίτσαρντ είχε φροντίσει να πάρει τα πάντα απ' τον πατέρα της και τώρα αυτή έπρεπε να συντηρεί όλη την οικογένεια. Άρχισε να ετοιμάζεται.

Στ' άλλο δωμάτιο ο Ρίτσαρντ ήταν έξω φρενών! Είχε κατεβεί για λίγο στο μπαρ κι εκεί συνάντησε τυχαία κάποιον παλιό γνωστό, ο οποίος τον είχε φωνάξει να του κάνει παρέα.

«Σε είδα με την κόρη του Νιλ Ουίλσον χθες», του είπε. Ο Ρίτσαρντ τον κοίταξε μ' ένα παράξενο βλέμμα.

«Μην μου πεις ότι δεν το γνώριζες!!» κάγχασε ο άλλος.

Ο Ρίτσαρντ σηκώθηκε κι έφυγε έξαλλος. Βημάτιζε πάνω κάτω στο δωμάτιο. Ήθελε να την σκοτώσει. Ήταν φανερό ότι του έστησε παγίδα. Δεν ήξερε πώς ν' αντιδράσει. Ήταν σίγουρος ότι το έκανε επίτηδες για να τον εκμεταλλευτεί και να τον καταστρέψει αλλιώς δεν υπήρχε άλλη εξήγηση. Μέχρι χτες έδειχνε να τον αποφεύγει.

«Κι εγώ ο βλάκας, έπεσα χθες σαν τον ποντικό στη φάκα! Θα την απολύσω!» αναφώνησε.

Σκεφτόταν όμως ότι θ' αναγκαζόταν να χάσει ένα ανεκτίμητο βοηθό γιατί έπρεπε ν' αναγνωρίσει ότι παρόλα αυτά, ήταν φοβερά καλή στη δουλειά της.

«Ίσως να το έκανε για να την εμπιστευτώ και μετά να μου δώσει το τελικό χτύπημα», σκέφτηκε.

«Αλλά όχι! Γιατί να την απολύσω; Θα μείνει και θα γνωρίσει τον άλλο μου εαυτό», είπε και χαμογέλασε χαιρέκακα.

Συναντήθηκαν στην αίθουσα υποδοχής του ξενοδοχείου. Απέφυγαν να κοιταχτούν στα μάτια. Δεν αντάλλαξαν ούτε μια κουβέντα. Ο Ρίτσαρντ έβραζε από θυμό. Δεν την αποχαιρέτησε ούτε όταν βγήκαν απ' τ' αεροδρόμιο.

Την επομένη, η Έρικα φρόντισε να βάλει στο γραφείο του την επιστολή παραίτησής της και να εξαφανιστεί απ' τη θέση της την ώρα που συνήθως ο Ρίτσαρντ ερχόταν στο γραφείο.

Ο Ρίτσαρντ έφτασε φοβερά κακόκεφος κι αφού έκανε ένα σωρό παρατηρήσεις στο προσωπικό, πήγε κατευθείαν στο γραφείο του. Μόλις κάθισε πρόσεξε την επιστολή. Τη διάβασε κι έγινε έξω φρενών!

«Όχι κυρία μου», είπε, «δεν θα σου κάνω την χάρη». Πήρε το τηλέφωνο. Η καρδιά της Έρικα πήγε να σπάσει μόλις είδε την κλίση.

«Παρακαλώ;» απάντησε με φωνή που έτρεμε.

«Έλα μέσα αμέσως!» γρύλισε ο Ρίτσαρντ απ' την άλλη μεριά.

Η Έρικα έτρεμε. Προσπαθούσε να φανεί ψύχραιμη αλλά τα χέρια κι η φωνή της την πρόδιδαν.

«Διάβασα την επιστολή παραίτησής σου», της είπε, «και δεν την αποδέχομαι. Ό,τι έγινε πρέπει να το ξεχάσεις. Δεν είχα καμία πρόθεση κι ήμουν μεθυσμένος. Σε περίπτωση που επιμένεις να φύγεις, θα σε κυνηγήσω και σου υπόσχομαι ότι δεν θα βρεις πουθενά αλλού δουλειά».

Η Έρικα ήταν έτοιμη να κλάψει. Δεν μπορούσε να πιστέψει ότι της φερόταν τόσο σκληρά.

«Άφησε με να φύγω, σε παρακαλώ!» τον ικέτευσε.

«Όχι! Θα μείνεις και θα υποστείς τις συνέπειες», της είπε.

«Μα ήμουν μεθυσμένη Ρίτσαρντ . Δεν ήθελα να γίνει αυτό».

«Ή ήθελες κι είχες σκοπό να μ' εκμεταλλευθείς και να μ' εκβιάζεις!».

«Ώστε αυτό είναι; ρώτησε σαστισμένη η Έρικα. Κάνεις μεγάλο λάθος. Σε ικετεύω Ρίτσαρντ, άφησέ με να φύγω».

«Όχι λυπάμαι», της είπε αγριεμένος, «Θα μείνεις!»

Η Έρικα του γύρισε την πλάτη έτοιμη να φύγει όταν ο Ρίτσαρντ την ξαναφώναξε.

«Και κάτι άλλο Έρικα», της είπε, «δεν δέχομαι να μ' αποκαλείς Ρίτσαρντ πια. Για σένα από εδώ και μπρος είμαι ο κύριος Σμιθ».

Η Έρικα είχε γίνει ράκος. Ο άνθρωπος που αγαπούσε την μισούσε, την αποστρεφόταν. Οι μήνες που ακολούθησαν ήταν ακόμα χειρότεροι. Ο Ρίτσαρντ φρόντιζε επιμελώς να της κάνει τη ζωή κόλαση. Της φερόταν άσχημα, την προσέβαλε κι έδειχνε να μην την εκτιμά καθόλου. Η Έρικα υπέμενε τα πάντα και παρόλα αυτά τον αγαπούσε σαν τρελή.

Είχε γίνει ξαφνικά κακός. Βασάνιζε τους πάντες και κατέστρεφε τα πάντα στο πέρασμα του. Ακόμη πιο άσχημο, ήταν το γεγονός ότι έδειχνε να τ' απολαμβάνει κιόλας!

Η αλήθεια ήταν, ότι κανένας δεν μπορούσε ν' αντιληφθεί ότι ο Ρίτσαρντ, ο σκληρός επιχειρηματίας, βαθιά μέσα του έκρυβε την ψυχή ενός πληγωμένου παιδιού.

Ήταν Παρασκευή όταν πήρε εκείνο το τηλεφώνημα που έμελλε να τον σημαδέψει για πάντα. Ο Τζιανκάρλο, συνεργάτης του στην Ιταλία, τον πληροφόρησε ότι ένα νεαρό ζευγάρι επιθυμούσε να επικοινωνήσει μαζί του για κάτι πολύ σημαντικό.

«Νομίζεις αξίζει τον κόπο;» τον ρώτησε ο Ρίτσαρντ.

«Δεν ξέρω», του απάντησε ο Τζιανκάρλο, «εκείνο που γνωρίζω είναι ότι πρόκειται για ένα ζευγάρι αρκετά γνωστό στην Ιταλία λόγω των οικογενειακών τους επιχειρήσεων. Πιστεύω ότι σε θέλουν για κάτι σοβαρό».

«Καλά, σου έχουν αφήσει κάποιο τηλέφωνο για να επικοινωνήσω μαζί τους;»

«Ναι, βέβαια», είπε ο Τζιανκάρλο και του έδωσε όλα τα στοιχεία.

Όταν έκλεισε το τηλέφωνο ξαναδιάβασε τις σημειώσεις που είχε πάρει. *Μάρκο Μπιάνκι, Επιχειρηματίας, Τοσκάνα.*

«Τι μπορεί να με θέλει ένας άγνωστος;» αναρωτήθηκε. Σήκωσε τ' ακουστικό και σχημάτισε τον αριθμό στο καντράν.

«Πρόντο», ακούστηκε μια φωνή απ' την άλλη πλευρά του τηλεφώνου.

«Λυπάμαι αλλά δε μιλάω ιταλικά», απάντησε ο Ρίτσαρντ στ' αγγλικά. Ο άγνωστος απ' την άλλη μεριά του απάντησε σ' άπταιστα αγγλικά.

«Παρακαλώ πέστε μου...»

«Ονομάζομαι Ρίτσαρντ Σμιθ και θα ήθελα να μιλήσω με τον κύριο Μάρκο Μπιάνκι».

«Κύριε Σμιθ, ο ίδιος ομιλεί, χαίρομαι που επικοινωνήσατε μαζί μου! Θα σας είπε ο συνεργάτης σας ότι θέλαμε να μιλήσουμε μαζί σας για κάποιο σοβαρό θέμα».

«Ναι», απάντησε ο Ρίτσαρντ.

«Λοιπόν κύριε Σμιθ, πριν ένα χρόνο η γυναίκα μου κι εγώ αγοράσαμε ένα πανέμορφο κάστρο στην περιοχή της Τοσκάνης. Το κάστρο αυτό άνηκε σε κάποιο πλούσιο μεγαλοεπιχειρηματία και διαθέτει μια υπέροχη συλλογή από πίνακες κι άλλα αντικείμενα που χρονολογούνται ένα με ενάμιση αιώνα πριν. Υπάρχει όμως κάτι πολύ παράξενο εδώ και πραγματικά πιστεύουμε ότι αφορά εσάς προσωπικά. Γι' αυτό το λόγο θα θέλαμε να σας προσκαλέσομε σπίτι μας, για να το δείτε. Πιστεύετε ότι θα σας ήταν εύκολο να μας επισκεφθείτε;»

Ο Ρίτσαρντ σκέφτηκε ότι η επόμενη εβδομάδα θα ήταν ιδανική για ένα τέτοιου είδους ταξίδι. Επιπλέον, η περιέργειά του είχε φτάσει στο ζενίθ της.

«Θα είμαι κοντά σας τη Δευτέρα. Η επόμενη εβδομάδα είναι λίγο ξαλαφρωμένη», του είπε.

«Πολύ καλά, θα σας περιμένω», απάντησε ο Μάρκο κι αφού αποχαιρετίστηκαν, έκλεισαν.

«Τι ιστορία είναι κι αυτή πάλι;!» αναρωτήθηκε ο Ρίτσαρντ.

Ένα κακό προαίσθημα τον είχε καταλάβει. Η πόρτα χτύπησε ελαφρά κι η Έρικα εμφανίστηκε στο κατώφλι. Ο Ρίτσαρντ την κοίταξε εξεταστικά. Ήταν αρκετά χλωμή και σκυθρωπή τον τελευταίο καιρό.

«Δεν της άρεσε ο άλλος Ρίτσαρντ», σκέφτηκε χαιρέκακα. «Κανένας κοριτσάκι μου δεν μπορεί να μου κάνει κακό... Όχι πια...» μ' αυτή τη σκέψη ένιωσε μια βαθιά ικανοποίηση.

Η Έρικα μουρμούρισε ένα απλό χαίρετε κι αφήνοντας ένα βουνό από ντοσιέ στο γραφείο του έσπευσε να φύγει.

«Την επόμενη Δευτέρα φεύγουμε για Ιταλία», της είπε, «να είσαι έτοιμη».

«Μα γιατί;» ρώτησε αυτή μ' απορία.

«Τι γιατί;» αγρίεψε αυτός, «γιατί έτσι λέω...»

Η Έρικα έσκυψε το κεφάλι και προχώρησε προς την πόρτα. Περίμενε ότι θα της έδινε περισσότερες λεπτομέρειες. Πώς θα τα κατάφερνε να ετοιμαστεί τόσο γρήγορα;

Ένιωθε πολύ άσχημα τον τελευταίο καιρό. Όλα της πήγαιναν στραβά. Ο πατέρας της ανακάλυψε ότι δούλευε για τον

Ρίτσαρντ κι έγινε έξαλλος. Πώς τόλμησε η κόρη του Νιλ Ουίλσον να ζητήσει ελεημοσύνη απ' τον χειρότερό του εχθρό;

Ήταν πολύ περήφανος άντρας ο πατέρας της. Είχε κατορθώσει να φτάσει στη κορυφή με κόπο κι ιδρώτα. Τον εκτιμούσαν και τον σέβονταν τα μεγαλύτερα ονόματα στη χώρα τους, ήταν τίμιος και φιλεύσπλαχνος κι ο ίδιος δεν μπόρεσε ποτέ να καταλάβει γιατί ο Ρίτσαρντ φάνηκε τόσο σκληρός μαζί του.

Η Έρικα προσπάθησε να του εξηγήσει τους λόγους που την ώθησαν ν' απευθυνθεί στον Ρίτσαρντ. Ο πατέρας της στάθηκε αδύνατο να την ακούσει και τελικά την έδιωξε απ' το σπίτι.

Η μητέρα της απ' την άλλη ήτανε μια γυναίκα δυναμική, με κατανόηση, πάντα ανοικτή για συζήτηση.

Όταν η Έρικα, μετά τον μεγάλο καυγά που έκανε με τον πατέρα της, έτρεξε βουτηγμένη στα δάκρυα να μαζέψει τα πράγματά της και να φύγει. Η μητέρα της την ακολούθησε, μπήκε στο δωμάτιό της κι έκλεισε την πόρτα πίσω της.

«Πες μου τι συμβαίνει πραγματικά Έρικα», της είπε.

Η Έρικα γύρισε και την κοίταξε. Ήταν καταπληκτικός άνθρωπος η μητέρα της. Στεκόταν εκεί και την κοίταζε κατευθείαν στα μάτια. Η Έρικα δεν μπορούσε να της αρνηθεί τίποτα. Άρχισε τότε να της εξιστορεί το πώς παρουσιάστηκε στον Ρίτσαρντ σαν μια απλή ιδιαιτέρα, το πώς πήρε στον έλεγχό της ένα μεγάλο μέρος των επιχειρήσεων του αλλά και το πώς τον ερωτεύτηκε τρελά. Της είπε και για εκείνη τη νύχτα που μεθυσμένοι κι οι δύο τους αφέθηκαν να τους οδηγήσουν τα ένστικτά τους, όπως επίσης και για την αλλαγή της συμπεριφοράς του Ρίτσαρντ απέναντί της.

«Δεν ξέρω τι να κάνω μητέρα, τον αγαπώ. Προσπάθησα να φύγω αλλά δε μ' αφήνει. Μ' απειλεί και με βασανίζει. Δεν μπορώ να καταλάβω γιατί άλλαξε τόσο πολύ», μιλούσε με παράπονο και συνέχισε, «ξέρεις μητέρα εκείνη τη νύχτα, όταν ο Ρίτσαρντ μέθυσε μου διηγήθηκε όλη του τη ζωή. Δεν φταίει αυτός που είναι έτσι. Ό,τι έκανε, το έκανε για να επουλώσει τις βαθιές πληγές που του δημιούργησαν τα παιδιά στο σχολείο και φαίνεται πως ένα απ' αυτά τα παιδιά είναι κι ο αδελφός μου. Γι' αυτό προσπάθησε με τόση μανία να μας καταστρέψει όταν μας βρήκε στο δρόμο του. Σε παρακαλώ μητέρα, συγχώρεσέ με».

«Μην ανησυχείς Έρικα, εγώ πάντα θα είμαι στο πλευρό σου. Κάποτε θα το καταλάβει. Εν τω μεταξύ μπορείς να βασίζεσαι σε μένα».

«Ευχαριστώ μητέρα», είπε η Έρικα και βάλθηκε να ετοιμάζει τις βαλίτσες της.

«Πού θα πας τώρα;»

«Θα προσπαθήσω να βρω ένα διαμερισματάκι να μένω μέχρι να φτιάξουν τα πράγματα».

Η Έρικα έφυγε απ' το σπίτι με δάκρυα στα μάτια. Οι δύο άντρες, τους οποίους αγάπησε περισσότερο στη ζωή της, τη μισούσαν κι αυτό την έκανε να υποφέρει πολύ.

Τριγύριζε αρκετές ώρες στους δρόμους. Τυχαία βρέθηκε σε μια φτωχογειτονιά. Ξυπόλητα παιδιά έτρεχαν στις δύο μεριές του δρόμου, ρυάκια από βρώμικα νερά υπήρχαν παντού και κάποια παλιά μοντέλα αυτοκινήτων σ' αξιοθρήνητη κατάσταση ήταν μπαρκαρισμένα τυχαία από δω κι από κει.

Οι θλιβερές γκρίζες πολυκατοικίες που απλώνονταν ενωμένες δεξιά κι αριστερά του δρόμου φαίνονταν ετοιμόρροπες. Η Έρικα κοίταζε τα χιλιοφορεμένα ρούχα που κρέμονταν απ' τα παράθυρα των διαμερισμάτων, όταν η ματιά της σταμάτησε σε μια μικρή πινακίδα κολλημένη σ' ένα απ' αυτά... «ΕΝΟΙΚΙΑΖΕΤΑΙ»... έγραφε.

Σκέφτηκε ότι με το μισθό που έπαιρνε, τα χρήματα που έδινε στη μητέρα της και τα δικά της έξοδα, δεν θα μπορούσε να βρει τίποτα καλύτερο. Προχώρησε προς την είσοδο της πολυκατοικίας. Μια παχουλή γυναίκα, με τα βάσανα της ζωής ζωγραφισμένα στο πρόσωπό της, καθάριζε τις σκάλες.

«Συγγνώμη», της είπε, «θα ήθελα πληροφορίες σχετικά με το διαμέρισμα που ενοικιάζεται».

Η γυναίκα κοίταξε εξεταστικά την όμορφη κοπέλα που στεκόταν μπροστά της. Αναρωτήθηκε τι γύρευε μια τέτοια κοπέλα σ' αυτή τη γειτονιά.

«Το διαμέρισμα είναι άδειο και μπορείς να μπεις ακόμα και τώρα κορίτσι μου. Το διαχειρίζομαι εγώ», της είπε. «Έλα μαζί μου».

Η Έρικα την ακολούθησε. Ήταν πραγματικά ένα άθλιο μικρό διαμερισματάκι. Τα πάντα ήταν βρώμικα και κάθε είδους συνθήματα ήταν γραμμένα στους τοίχους. Η Έρικα ένιωσε ένα κόμπο να της κλείνει το λαιμό.

Πώς είχε καταντήσει έτσι Θεέ μου; Πριν λίγο καιρό απολάμβανε τα πάρτι με τις φίλες της γύρω απ' τις πισίνες των πολυτελών επαύλεών τους. Ταξίδευε με το ιδιωτικό της τζετ σχεδόν κάθε εβδομάδα. Πήγαινε για ψώνια στους πιο γνωστούς οίκους μόδας και τώρα... Έκλεισε για μια στιγμή τα μάτια. «Πρέπει να τα καταφέρω», σκέφτηκε.

Η παχουλή κυρία την κοίταζε μ' απορία. «Τι θα γίνει κοπέλα μου; Θα το πάρεις τελικά;»

Η Έρικα θεώρησε ότι το ενοίκιο που της ζητούσε ήταν ψηλό γι' αυτό τ' αχούρι κι αφού την παζάρεψε αρκετά, κατάφερε να πετύχει καλύτερη τιμή.

Αφού έφυγε η κυρία Σάλλυ, έτσι την έλεγαν, η Έρικα άφησε κάτω τις βαλίτσες της και κοίταξε γύρω.

«Λοιπόν», μονολόγησε, «εδώ θέλει ένα καλό μπογιάντισμα και μια γερή απολύμανση». Άνοιξε την πόρτα και βγήκε στο διάδρομο. Η Σάλλυ καθάριζε ακόμα.

«Σας παρακαλώ κυρία, θα ήθελα να μου πείτε αν υπάρχει εδώ κοντά ένα κατάστημα απ' όπου μπορώ να αγοράσω μπογιές, απολυμαντικά κι όλα τα σχετικά».

«Βεβαίως», της είπε η Σάλλυ και της έδωσε όλες τις αναγκαίες πληροφορίες.

Η Έρικα διάλεξε όμορφα χρώματα για το καινούριο της σπιτάκι. Αγόρασε επίσης και τ' αναγκαία έπιπλα από ένα κατάστημα παλιών επίπλων που βρήκε εκεί κοντά. Ξόδεψε όλο της το σαββατοκύριακο μπογιατίζοντας τα μοναδικά δύο λιλιπούτεια δωμάτια του διαμερίσματός της και καθαρίζοντας τις βρωμιές από παντού. Μέχρι το βράδυ της Κυριακής κανείς δεν θα μπορούσε να φανταστεί ότι εκείνη η βρωμερή τρύπα είχε μεταμορφωθεί σ' ένα χαρούμενο, ζεστό και φιλικό διαμερισματάκι. Η Έρικα κοίταξε γύρω της φανερά ικανοποιημένη. Είχε διαλέξει ένα απαλό κίτρινο χρώμα για τους τοίχους του υπνοδωματίου της. Τα έπιπλα, ένα κρεβάτι, ένα κομοδίνο και μία τουαλέτα ήταν σε παλιό στυλ από σκούρο ξύλο. Το σκέπασμα και την κουρτίνα τα είχε αγοράσει από ένα φτηνό κατάστημα ειδών ρουχισμού κι ήταν σ' απαλό μπεζ. Τ' άλλο δωμάτιο το είχε βάψει κρεμ και στα λιγοστά έπιπλα, δύο μικρές πολυθρόνες κι ένα καναπέ, είχε ρίξει ριχτάρια σ' αποχρώσεις του καφέ. Εκείνη τη νύχτα κοιμήθηκε πολύ βαριά. Ήταν πτώμα.

Τ' άλλο πρωί άργησε να πάει στη δουλειά κι ο Ρίτσαρντ δεν έχασε την ευκαιρία να της τα ψάλλει για αρκετή ώρα. Όλη αυτή η πίεση που ένιωθε για το διαμέρισμα, για τη στάση του πατέρα της, για την καθημερινή κόλαση που την έκανε να περνά ο Ρίτσαρντ την είχαν καταβάλει. Δεν ένιωθε καθόλου καλά και τώρα έπρεπε να ετοιμαστεί για να ταξιδέψει στην Ιταλία. Ήταν απελπισμένη. Καθόταν στο γραφείο της και προσπαθούσε να μαζέψει τις σκέψεις της. Δεν μπορούσε πια να ελέγξει τον εαυτό της. Σηκώθηκε και ξαναμπήκε στο γραφείο του Ρίτσαρντ.

«Σε παρακαλώ», του είπε, «δεν μπορώ να έρθω μαζί σου στην Ιταλία. Δεν αισθάνομαι καλά». Ο Ρίτσαρντ έγινε έξω φρενών.

«Τι θα πει δεν αισθάνεσαι καλά;» της φώναξε, «θα έρθεις ακόμα κι αν χρειαστεί να σε πάρω στους ώμους μου. Εδώ δεν πρόκειται να μείνεις!».

Η Έρικα τον κοίταξε με τέτοια απελπισία που ο Ρίτσαρντ προς στιγμή τη λυπήθηκε. Του γύρισε τη πλάτη κι έφυγε.

Το Σαββατοκύριακο η Έρικα προσπάθησε να ξεκουραστεί όσο περισσότερο μπορούσε. «Δεν θα του κάνω την χάρη να μου τα ψάλλει πάλι», σκέφτηκε.

Δύο μέρες μετά πετούσαν για την Ιταλία. Το ταξίδι ήταν κουραστικό. Όταν έφτασαν τους παρέλαβε ο Μάρκο Μπιάνκι. Η μαύρη λιμουζίνα του, πέρασε από καταπράσινα λιβάδια που τα διέκοπταν μικρά γραφικά μεσαιωνικά χωριουδάκια και τεράστιες φυτείες από ηλιοτρόπια, μέχρι που έφτασαν σ' ένα πανέμορφο μεσαιωνικό κάστρο το οποίο, όπως υπέθεσε η Έρικα, θ' ανήκε παλιά σε κάποιο φεουδάρχη.

Κατέβηκαν απ' τ' αυτοκίνητο. Η θέα ήταν καταπληκτική. Το πανέμορφο κάστρο ήταν χτισμένο σ' ένα λόφο που δέσποζε της περιοχής. Είχε υπέροχους κήπους με σιντριβάνια και μικρούς καταρράκτες. Ο κήπος ήταν περιτριγυρισμένος από δέντρα, ενώ ένα κομψό σκαλιστό κιόσκι έδινε ένα ρομαντικό τόνο στο περιοχή γύρω απ' την πισίνα. Τεράστιες σκαλιστές γλάστρες ήταν τοποθετημένες με γούστο σε διάφορα σημεία του κήπου, ενώ απ' αυτές έβγαιναν πλούσιοι καταρράκτες από δεκάδες πολύχρωμα λουλούδια.

Το εσωτερικό του πύργου ήταν ακόμα πιο εντυπωσιακό. Όλα τα καθιστικά ήταν σε ίσιες λιτές γραμμές κι ήταν επενδυμένα με άσπρο δέρμα. Ο φωτισμός ήταν κρυφός και μόνο σε κάποιες γωνιές υπήρχαν μπρούντζινα σκαλιστά φωτιστικά εδάφους, ενώ τους τοίχους στόλιζαν πίνακες ανεκτίμητης αξίας.

Τους οδήγησαν στα δωμάτιά τους για να φρεσκαριστούν. Η Έρικα έκανε ένα ζεστό μπάνιο. Της χρειαζόταν για να συνέλθει. Ο Ρίτσαρντ δεν είχε αρθρώσει λέξη κατά την διάρκεια του ταξιδιού. Ήταν βυθισμένος στις εφημερίδες του, ενώ για μια στιγμή φάνηκε να φλερτάρει με την αεροσυνοδό, η οποία τον έβλεπε απ' την αρχή μ' αρκετό ενδιαφέρον. Όταν έφτασαν στ' αεροδρόμιο, την σύστησε απλώς σαν την ιδιαιτέρα του στον Μάρκο και μετά δεν μπήκε καν στον κόπο να την κοιτάξει.

«Πάλι μ' έφερε μαζί του απλώς για να με βασανίζει», σκέφτηκε με πίκρα η Έρικα και τα μάτια της γέμισαν δάκρυα.

Απ' την άλλη ο Ρίτσαρντ ένιωθε πολύ άβολα. Όλη αυτή η ιστορία με τους Ιταλούς του φαινόταν υπερβολικά παράξενη. Η περιέργειά του τον βασάνιζε αλλά προσπαθούσε να μην το δείχνει. Εκείνο όμως που τον εντυπωσίασε περισσότερο ήταν αυτό το συναίσθημα που κυριαρχούσε μέσα του. Είχε την εντύπωση ότι είχε ξαναδεί αυτό τον τόπο κι ειδικά αυτό το κάστρο. Ένιωθε πως θα μπορούσε άνετα να κυκλοφορήσει σ' αυτό χωρίς να χαθεί, χωρίς να χρειάζεται να τον ξεναγήσει κανείς. Ετοιμάστηκε όσο πιο γρήγορα μπορούσε. Είχαν συμφωνήσει να συναντηθούν στο κύριο σαλόνι γύρω στις πέντε. Κατέβηκε τις σκάλες. Ήταν όλοι εκεί και τον περίμεναν. Κάθισαν και μια υπηρέτρια ήρθε να τους σερβίρει. Όταν είδε τον Ρίτσαρντ ξαφνιάστηκε αλλά ο Μάρκο βιάστηκε να την διώξει.

«Σ' ευχαριστούμε Πατρίτσια», της είπε. Αυτή έφυγε κοιτάζοντας τον Ρίτσαρντ με φόβο.

«Τι συμβαίνει;» ρώτησε μ' απορία ο Ρίτσαρντ έχοντας παρατηρήσει την συμπεριφορά αυτής της γυναίκας που έκανε σα να είχε δει φάντασμα.

«Θα σου εξηγήσω», του είπε ο Μάρκο. «Άλλωστε αυτός είναι κι ο λόγος που βρίσκεσαι εδώ. Είναι μια πολύ παλιά ιστορία που αφορά αυτό το κάστρο. Πριν πολλά χρόνια λοιπόν, κάποιος πολύ πλούσιος έμπορος είχε εγκατασταθεί εδώ. Λέγεται ότι ήταν ένας πολύ στρυφνός άνθρωπος. Κανείς δεν τον συμπαθούσε και πολύ λίγοι ήταν εκείνοι που τον είχαν δει τα τελευταία χρόνια της ζωής του. Λέγεται ακόμα, ότι ήταν πολύ δυστυχισμένος και τελικά αυτοκτόνησε. Κανείς όμως δεν ξέρει σίγουρα τι έγινε. Έκτοτε, οι κάτοικοι των γύρω περιοχών θεωρούσαν το κάστρο αυτό καταραμένο και γρουσούζικο. Υπήρχαν διάφορες φήμες ότι δήθεν το φάντασμα του ανθρώπου αυτού στοίχειωνε το κάστρο κι όποιος θα ζούσε σ' αυτό θα ήταν δυστυχισμένος. Η γυναίκα μου κι εγώ δεν πιστεύουμε σε τέτοιου είδους προκαταλήψεις γι' αυτό και τ' αγοράσαμε. Ζούμε εδώ κι ένα χρόνο εδώ και τίποτα απολύτως δεν έχει συμβεί. Πριν λίγο καιρό όμως έτυχε να διαβάσω ένα άρθρο στην εφημερίδα για σένα και κάτι μου κίνησε την περιέργεια. Γι' αυτό σε κάλεσα εδώ... γιατί απλά ήθελα να δεις κι εσύ».

Ο Ρίτσαρντ ακόμα δεν μπορούσε να καταλάβει τι σχέση είχε μαζί του όλη αυτή η ιστορία.

«Και λοιπόν;» του είπε, «τι είναι αυτό το κάτι; Μήπως θα μπορούσαμε να το δούμε τώρα;»

«Βεβαίως», του είπε ο Μάρκο, «ακολουθήστε με».

Ο Μάρκο σηκώθηκε και κατευθύνθηκε προς τον κήπο. Ένα μικρό σπιτάκι ήταν ενωμένο με το υπόλοιπο κάστρο στην πλαϊνή μεριά του κήπου. Άνοιξε την πόρτα. Ήταν ένα δωμάτιο διαμορφωμένο σε γραφείο με μικρά αντικείμενα και πίνακες που φαίνονταν να προέρχονταν από μια άλλη εποχή.

«Αυτά είναι τα προσωπικά αντικείμενα εκείνου», είπε ο Μάρκο.

«Ποιου εκείνου;» ρώτησε ο Ρίτσαρντ.

«Αυτού εδώ», απάντησε ο Μάρκο και προχώρησε προς ένα πίνακα που ήταν καλυμμένος. Τράβηξε το ρούχο και τότε...

«Ο Κόντε Πάολο Βαλέντι», είπε ο Μάρκο και νεκρική σιγή έπεσε γύρω.

Ο Ρίτσαρντ κοίταζε τον πίνακα αποσβολωμένος· είχε χάσει εντελώς το χρώμα του. Η Έρικα κοίταξε με τρόμο τον άνθρωπο που απεικόνιζε ο πίνακας. Ήταν ένας άνδρας γύρω στα τριάντα ντυμένος με ρούχα εποχής, ψηλό καπέλο, κάπα και μπαστούνι κι ήταν ο ίδιος ο Ρίτσαρντ! Ναι! Ήταν ο Ρίτσαρντ!

«Θεέ μου!», αναφώνησε η Έρικα, «Ρίτσαρντ πάμε να φύγουμε σε παρακαλώ!».

Ο Ρίτσαρντ δεν αντιδρούσε καθόλου. Είχε βυθιστεί σ' εκείνο τον πίνακα. Του φαινόταν ότι τον είχε ξαναδεί ότι έζησε εκείνη τη συγκεκριμένη στιγμή.

«Ρίτσαρντ, απάντησέ μου!», τον ικέτευσε η Έρικα.

Την άκουγε σαν απόηχο στ' αυτιά του. Παράξενες εικόνες περνούσαν απ' το μυαλό του. Το κεφάλι του πόναγε. Ένιωσε να βυθίζεται...

«Ρίτσαρντ...!» Ήταν οι τελευταία λέξη που άκουσε.

Οι σκηνές έγιναν πιο έντονες στο μυαλό του. Ήταν μικρός. Ζούσε σ' ένα χωριό κάπου στην Ιταλία. Ένα μικρό χωριουδάκι χτισμένο όλο από πέτρα. Η μητέρα του κι ο πατέρας του ήταν γεωργοί. Περνούσε δύσκολα παιδικά χρόνια. Μια μικρή τρύπα ήταν το σπίτι τους. Ένα δωμάτιο όλο κι όλο. Σ' αυτό κοιμόντουσαν, σ' αυτό έτρωγαν...μια τετραμελής οικογένεια. Ένιωθε να λυπάται τους γονείς του. Καθόταν στο δωμάτιο και προσπαθούσε να διασκεδάσει την μικρότερη αδελφή του. Η μητέρα του μαγείρευε ένα φτωχικό δείπνο. Η πόρτα κτύπησε δυνατά κι μητέρα του έτρεξε να την ανοίξει. Ήταν ο προύχοντας του χωριού μαζί με τους μπράβους του. Την έσπρωξαν για να περάσουν, κάθισαν στο τραπέζι κι άρχισαν να συζητούν άγρια μαζί της. Ζητούσαν τα χρήματα για τους φόρους, τα οποία αυτή δεν είχε. Τέλος, εξαγριωμένοι τους έσπασαν τις καρέκλες κι έχυσαν το λιγοστό τους φαγητό στο πάτωμα. Τα δύο παιδιά είχαν αποτραβηχτεί φοβισμένα σε μια γωνιά του δωματίου κλαίγοντας. Η μητέρα τους έκλαιγε κι αυτή απελπισμένη. Εκείνη τη μέρα ο Πάολο ορκίστηκε να εκδικηθεί. Θα έκανε ανθρώπους σαν αυτούς να σέρνονται στα πόδια του.

Βρισκόταν τώρα στο λιμάνι της Γένοβας...έφηβος πια. Κουβαλούσε κιβώτια. Τα φόρτωνε σ' ένα καράβι. Η δουλειά ήταν πραγματικά σκληρή. Τα χέρια του πονούσαν κι ήταν καταϊδρωμένος. Ανέμενε με υπομονή την ώρα του διαλείμματος για να ξαποστάσει. Δεν είχε τίποτα φαγώσιμο μαζί του κι οι συνάδελφοι του τον λυπόντουσαν. Έβαζαν από μια μπουκιά ο καθένας για να του μαζέψουν λίγο φαγητό. Είχε βρει μια τρώγλη, σκοτεινή και βρωμερή, και ζούσε εκεί πληρώνοντας ένα μέρος του μισθού του. Ήταν λιγομίλητος κι αγέλαστος. Η μόνη του έξοδος, ήταν ένα αξιοθρήνητο ποτοποιείο, στο οποίο πήγαινε μόλις τελείωνε τη δουλειά του για να πιει ένα ποτήρι κρασί και να καταπιεί τον πόνο του. Του είχε γίνει εμμονή να καταφέρει να πετύχει στην ζωή του και να πραγματοποιήσει τον όρκο του. Όσο αυτό καθυστερούσε, τόσο αυτός πονούσε κι η ψυχή του γέμιζε δηλητήριο. Καθόταν λοιπόν μόνος σ' ένα μικρό ξύλινο τραπέζι σε μια γωνιά του μπαρ και παρατηρούσε όλους τους θαμώνες, οι περισσότεροι εκ των οποίων, ήταν εργάτες στο λιμάνι.

«Χαμένα κορμιά», σκεφτόταν, «βουτηγμένα στη φτώχεια και την κακομοιριά για όλη τους τη ζωή. Όχι δεν πρέπει να καταλήξω σαν αυτούς. Πρέπει να βρω το σωστό δρόμο».

Αποφάσισε ότι αν μπάρκαρε μ' ένα καράβι και ταξίδευε σε διάφορα λιμάνια, τότε ίσως κάτι να κατάφερνε.

Την επομένη είχε γυρίσει όλα τα εμπορικά πλοία στο λιμάνι ζητώντας δουλειά. Άδικος κόπος. Ήταν όλα πλήρη από προσωπικό. Καθόταν κι αγνάντευε τη θάλασσα φανερά απογοητευμένος όταν ένιωσε ένα χέρι στον ώμο του.

«Εσύ δεν είσαι μικρέ που γύρεψες δουλειά πριν λίγο στο καράβι μου;»

Γύρισε και κοίταξε τον άντρα που του μίλησε. Ήτανε ένας μεσήλικας με ξερακιανή όψη, φαγωμένη απ' τη θάλασσα. Ήταν καπετάνιος σ' ένα μεγάλο εμπορικό κι ο Πάολο τον είχε δει πριν δύο ώρες.

«Λυπάμαι μικρέ», του είχε πει, «δεν υπάρχει ούτε μία θέση αυτή τη στιγμή στο καράβι μου». Τώρα τον είχε γυρέψει.

«Άραγε θα φανώ τόσο τυχερός;» αναρωτήθηκε. «Ναι! Εγώ είμαι!», του απάντησε ο Πάολο.

«Λοιπόν μικρέ, είσαι τυχερός. Μόλις παραιτήθηκε ένας ναύτης μου κι υπάρχει θέση. Τι λες; Έρχεσαι;» Ο Πάολο χάρηκε.

«Στις διαταγές σας καπετάνιε», του απάντησε ζωηρά και μαζί προχώρησαν προς το καράβι.

Ανέβηκε πάνω και κοίταξε γύρω. Ήτανε αρκετά μεγάλο. Στο κατάστρωμα πηγαινοέρχονταν πυρετωδώς οι ναύτες και το καράβι ετοιμαζόταν να σαλπάρει. Το καράβι αυτό έκανε δρομολόγια σε διάφορα λιμάνια της Αφρικής.

«Άντε μικρέ δουλειά», του είπε ο καπετάνιος.

Ο Πάολο έτρεξε προς τους υπόλοιπους ναύτες κι άρχισε να βοηθά από δω κι από κει. Ένιωθε τη ζωή να γεννιέται μέσα του. Βγήκαν απ' το λιμάνι. Ο απέραντος ωκεανός τους περιτριγύριζε κι ο Πάολο ανέπνεε βαθιά το ιώδιο της θάλασσας.

«Σίγουρα εδώ είναι πολύ καλύτερα απ' τις βρωμερές αποβάθρες του λιμανιού», σκέφτηκε. Πέρασαν από πολλά λιμάνια. Στο καθένα απ' αυτά ο Πάολο έκανε γνωριμίες. Τριγύριζε την κάθε πόλη αναζητώντας αυτό το κάτι που θα τον βοηθούσε να υλοποιήσει τα σχέδιά του. Σε κάθε λιμάνι το πλοίο φόρτωνε και ξεφόρτωνε. Μετά από αρκετό διάστημα επέστρεψαν στη Γένοβα. Η διαδικασία που ακολούθησαν ήταν η ίδια. Οι λιμενεργάτες φόρτωναν τα κιβώτια και το πλοίο ξεκινούσε για τα διάφορα λιμάνια.

Ο Ρίτσαρντ είχε πέσει μπροστά στα μάτια όλων στο πάτωμα. Δεν ήταν λιπόθυμος. Έμοιαζε να κοιμάται βαθιά. Η Έρικα ένιωσε την καρδιά της να χτυπά πολύ δυνατά κι ένα σφίξιμο, σαν από αόρατο σιδερένιο χέρι, να της κρατά το στομάχι.

«Όχι Θεέ μου!», σκέφτηκε, «δεν θα τ' αντέξω αυτό!».

Ο Μάρκο είχε χάσει εντελώς το χρώμα του αλλά βρήκε τη ψυχραιμία να τηλεφωνήσει αμέσως στον οικογενειακό τους γιατρό. Φώναξε τους υπηρέτες κι αυτοί έτρεξαν πανικόβλητοι στο μικρό σπιτάκι.

«Πάρτε τον αμέσως στο δωμάτιό του», τους πρόσταξε κι η φωνή του πρόδιδε πανικό.

Σε λίγο ο Ρίτσαρντ βρισκόταν στο δωμάτιο που του είχαν παραχωρήσει. Ήταν λιτά επιπλωμένο και στο μέσω του δέσποζε ένα εντυπωσιακό κρεβάτι με ουρανό κι άσπρα πέπλα που έπεφταν με χάρη μέχρι το πάτωμα.

Ο γιατρός δεν άργησε να έρθει. Τους έβγαλε όλους έξω κι εξέτασε τον Ρίτσαρντ για αρκετή ώρα. Όλοι περίμεναν έξω μ' αγωνία, ενώ η Έρικα κόντευε να λιποθυμήσει.

Χρειάστηκε να την συνοδεύσει η οικοδέσποινα στο σαλόνι και να της φέρουν μια πορτοκαλάδα για να μπορέσει να σταθεί και πάλι στα πόδια της.

«Είσαι καλά Έρικα;» την ρώτησε ανήσυχη η Λορένα, η γυναίκα του Μάρκο.

«Ναι ευχαριστώ, νιώθω καλύτερα».

«Μη φοβάσαι. Όλα θα πάνε καλά», της είπε πάλι.

Μετά από μισή ώρα ο γιατρός βγήκε απ' το δωμάτιο. Το ύφος του ήταν σκεπτικό.

«Μάρκο πρέπει να σου μιλήσω ιδιαιτέρως», του είπε. Ο Μάρκο τον συνόδευσε στο προσωπικό του γραφείο.

«Τι συμβαίνει γιατρέ;» τον ρώτησε κλείνοντας την πόρτα πίσω του.

«Αγαπητέ, δεν γνωρίζω. Πρέπει να μεταφερθεί στο Μιλάνο όπου υπάρχουν πιο εξειδικευμένοι γιατροί. Δεν βρίσκω να έχει κάτι παθολογικό. Είναι σαν να κοιμάται βαθιά. Θα καλέσω κάποιο γιατρό, προσωπικό μου φίλο, στο Μιλάνο για να διευθετήσουμε τη μεταφορά του».

Ο Μάρκο δεν έφερε αντίρρηση. Βγήκε απ' το γραφείο του και ενημέρωσε τους υπόλοιπους για τα συμβάντα. Η Έρικα βρισκόταν σε υπερένταση και τους είπε ότι θα πήγαινε κι αυτή μαζί τους στο Μιλάνο.

Μετά από δύο ώρες, ο Ρίτσαρντ, η Έρικα κι ο Μάρκο βρίσκονταν στο νοσοκομειακό αεροπλάνο που τους μετέφερε στο νοσοκομείο του Μιλάνου, όπου τους περίμενε μια ομάδα γιατρών έτοιμη να εξετάσει τον Ρίτσαρντ.

Γνώριζαν όλοι τους ότι επρόκειτο περί πολύ γνωστού ατόμου, το οποίο συνοδευόταν από έναν απ' τους ισχυρότερους άντρες της Ιταλίας.

Όλα έγιναν πολύ γρήγορα. Οι γιατροί τον παρέλαβαν κι άρχισαν να του κάνουν όλων των ειδών τις εξετάσεις. Ο Μάρκο και η Έρικα περίμεναν αρκετή ώρα, ενώ έβλεπαν τους γιατρούς να μπαινοβγαίνουν χωρίς να τους δίνουν σημασία. Μετά από αρκετές ώρες τους κάλεσαν για ενημέρωση.

«Κύριοι», τους είπε ο υπεύθυνος της ομάδας, «τ' αποτελέσματα των εξετάσεων ήταν πολύ καλά. Λυπούμαστε, αλλά δεν γνωρίζουμε τον λόγο που ο ασθενής βρίσκεται σ' αυτή την κατάσταση. Βασικά είναι μια κατάσταση βαθιάς ύπνωσης...»

Απευθύνθηκε προς τον Μάρκο. «Θα μπορούσατε κύριε Μπιάνκι να μας περιγράψετε τι έγινε λίγο πριν να περιέλθει σ' αυτή τη κατάσταση;»

Ο Μάρκο τους διηγήθηκε όλη την ιστορία, με λεπτομερή περιγραφή όλων όσων είχαν συμβεί λίγο πριν ο Ρίτσαρντ πέσει στο πάτωμα. Οι γιατροί κοιτάχτηκαν μεταξύ τους και μια υποψία αιωρήθηκε στην ατμόσφαιρα.

Πήρε και πάλι τον λόγο ο αρχίατρος. «Κύριε Μπιάνκι», είπε, «θα ήθελα να κάνω μία υπόθεση. Πριν πολλά χρόνια ήμουν μάρτυρας μιας παρόμοιας περίπτωσης σε κάποια άλλη χώρα που βρισκόμουν. Ο ασθενής τελικά αποδείχτηκε ότι βρισκόταν σε μια κατάσταση βαθιάς ύπνωσης. Σ' εκείνη την περίπτωση είχαν έλθει συνάδελφοι απ' το Ινστιτούτο Παραψυχολογίας και μετά από εκτεταμένες εξετάσεις αποφάνθηκαν ότι επρόκειτο ίσως για περίπτωση πιθανής μετεμψύχωσης, όπου ο ασθενής ζούσε ξανά σκηνές απ' την προηγούμενη του ζωή μέσω του ονείρου. Αν αυτό συμβαίνει και τώρα, τότε η επιστήμη σηκώνει τα χέρια ψηλά. Δεν μπορούμε να κάνουμε τίποτα μέχρι να επανέλθει από μόνος του. Εμείς, το μόνο που μπορούμε να κάνουμε είναι να κρατήσουμε τον οργανισμό του σ' άριστη κατάσταση, τροφοδοτώντας τον με υγρή τροφή. Λοιπόν, αν μου επιτρέπετε, μπορώ να καλέσω εδώ συνάδελφους απ' το Ινστιτούτο Παραψυχολογίας για να τον εξετάσουν;».

Η Έρικα πήρε τον λόγο. «Νομίζω δεν έχουμε άλλη επιλογή», είπε, «κι επομένως θα πρέπει να δοκιμάσουμε κάθε είδους εξέταση».

Κανένας δεν έφερε αντίρρηση κι έτσι, ο αρχίατρος τους αποχαιρέτησε υποσχόμενος ότι θα επικοινωνούσε με το Ινστιτούτο για τα περαιτέρω.

Ο Ρίτσαρντ ζούσε μέσω του Πάολο Βαλέντι σ' έναν άλλο αιώνα. Βρισκόταν τώρα στο καράβι που μόλις είχε σαλπάρει για να μεταφέρει απ' την Ιταλία τα εμπορεύματα που το είχαν φορτώσει, σ' άλλους προορισμούς.

Το πρώτο λιμάνι, το οποίο θα συναντούσαν, ήταν πάλι στο Μαρόκο, όπου είχε κάνει κάποιες περίεργες γνωριμίες εκεί απ' το προηγούμενό του ταξίδι. Είχαν συμφωνήσει ότι θα συναντιόνταν ξανά σ' ένα μπαράκι στη Καζαμπλάνκα. Ανυπομονούσε να πιάσουν στεριά. Με τον ένα ή τον άλλο τρόπο πίστευε ότι θα τα κατάφερνε να πετύχει και να πραγματοποιήσει τα όνειρά του.

Το καράβι άρχισε να κουνά επικίνδυνα. Τους είχε πιάσει μια δυνατή καταιγίδα. Φόρεσε ότι βρήκε μπροστά του και βγήκε στο κατάστρωμα. Ο ουρανός ήταν απειλητικά μαύρος, η θάλασσα είχε φουσκώσει κι αντανακλούσε το χρώμα τ' ουρανού, μόνο που φαινόταν ακόμα πιο μαύρη και σκοτεινή. Του έδωσε την εντύπωση μιας μαύρης τρύπας, ενός σκοτεινού κενού έτοιμου να τους καταπιεί. Τεράστια κύματα άρχισαν να σχηματίζονται σαν παλάμες γιγάντων που έπαιζαν με το καράβι πριν αποφασίσουν να το συνθλίψουν. Οι ναύτες κατέβαζαν ήδη τα τελευταία πανιά. Ο καπετάνιος, με βροντερή φωνή, έδινε επιτακτικά οδηγίες. Όλοι έτρεχαν, φώναζαν, προσπαθούσαν να συγκρατηθούν από κάπου σε κάθε χαστούκι που τους έδινε η αγριεμένη θάλασσα. Ο Πάολο πάγωσε. Δεν είχε ξαναδεί τέτοιο θέαμα. Είχε ακούσει στο λιμάνι ιστορίες παλιών θαλασσόλυκων που πάλεψαν με τα κύματα, αλλά δεν μπόρεσε ποτέ να φανταστεί την πραγματική τους δύναμη. Δεν μπόρεσε να νιώσει εκείνο το φόβο και την αδυναμία που ένιωθε τώρα μπροστά στο μεγαλείο της δύναμής τους.

Ένα τεράστιο κύμα υψώθηκε απειλητικό πάνω απ' το καράβι...χτύπησε μ' όλη τη δύναμή του το κατάστρωμα...οι ναύτες στρίγκλιζαν. Τα κατάρτια έσπασαν ανίκανα ν' αντισταθούν στην τρομακτική δύναμη των κυμάτων. Κραυγές βοήθειας ακούγονταν παντού και δυνατά τριξίματα συμπλήρωσαν όλη τη βοή που πελεκούσε ασταμάτητα το μυαλό του. Στο καράβι απόμεναν λίγες στιγμές πριν το τραβήξει στον παγωμένο βυθό της η θάλασσα. Κάτι τον χτύπησε, δεν πρόλαβε να καταλάβει τι ακριβώς. Πόνεσε πολύ, προσπάθησε να κρατηθεί αλλά το γλιστερό κατάστρωμα κι η κλίση που είχε πάρει το καράβι καθώς άρχισε να παραδίνεται στην μαύρη άβυσσο, δεν βοήθησαν. Βρέθηκε στη θάλασσα. Προσπάθησε να κολυμπήσει μακριά απ' το καράβι που βυθιζόταν. Πάλευε, πάλευε...

«Όχι, όχι, δεν μπορεί να τελειώσει έτσι η ζωή μου. Πρέπει να τα καταφέρω. Πρέπει...» φώναζε καθώς πάλευε με τα τεράστια κύματα και καυτά δάκρυα έτρεχαν απ' τα μάτια του. Πάλευε αρκετή ώρα. Οι αστραπές κι οι βροντές άρχισαν σιγά-σιγά να καταλαγιάζουν μέχρι που σταμάτησαν. Ο άνεμος γινόταν όλο και πιο αδύναμος. Η θάλασσα ηρέμησε λες κι όλη αυτή την ώρα αναζητούσε μια θυσία προς τιμή της κι όταν την πήρε αποκοιμήθηκε, όπως ένα σαρκοβόρο τέρας αφού κατασπαράξει την λεία του. Ο Πάολο είχε χάσει σχεδόν όλες του τις δυνάμεις. Ένιωθε να παραλύει.

«Θα με πάρει κι εμένα», σκεφτόταν απελπισμένος.

Κάτι τον χτύπησε στην πλάτη. Γύρισε αργά. Ήταν ένα τεράστιο κομμάτι από ξύλο, απομεινάρι από κάποιο μέρος του καραβιού. Αρπάχτηκε απ' αυτό. Κατάφερε να ανέβει πάνω και να ξαπλώσει. Έχασε τις αισθήσεις του.

Ο ήλιος βγήκε ψηλά. Οι δυνατές του αχτίνες κι ο γαλάζιος ουρανός δεν πρόδιδαν τι είχε προηγηθεί λίγες ώρες πιο πριν· πόσες ζωές θυσιάστηκαν στον βωμό της άγριας φύσης. Ένα δεύτερο καράβι φάνηκε στον ορίζοντα.

«Άνθρωπος στη θάλασσα!» φώναξε ένας ναύτης μέσα απ' αυτό. Πλησίασαν τον Πάολο που κειτόταν ακόμα αναίσθητος πάνω στη σανίδα, κατέβασαν μια βάρκα με τρεις ναύτες κι όταν έφτασαν κοντά του, τον άγγιξαν.

«Είναι ζωντανός», είπε ο ένας.

«Ελάτε όλοι μαζί να τον τραβήξουμε μέσα στην βάρκα».

Μετά από λίγο βρισκόταν ξαπλωμένος σ' ένα κρεβάτι στο καράβι. Κάποιος είχε αναλάβει χρέη γιατρού. Όταν επιτέλους συνήλθε, φρόντισαν να του φέρουν ζεστή σούπα, ψωμί και νερό. Έφαγε με λαιμαργία. Πεινούσε και διψούσε πολύ.

«Τα κατάφερα!», σκέφτηκε και μια τρελή χαρά τον κυρίευσε.

Δυστυχώς κανένας απ' τους συντρόφους του δεν είχε επιβιώσει. Αυτό τον λύπησε αλλά η χαρά της δικής του τύχης ήταν τόσο μεγάλη, που τίποτα δεν μπορούσε να την επισκιάσει.

Όταν το καράβι έπιασε λιμάνι στο Μαρόκο, ο Πάολο είχε ήδη επανακτήσει τις δυνάμεις του. Ευχαρίστησε τους ανθρώπους που του έσωσαν τη ζωή και βγήκε στη στεριά με προορισμό το μπαράκι, στο οποίο είχε δώσει ραντεβού τρεις μήνες πριν με κάποιους παράξενους τύπους.

Η πόλη ήταν όλη χτισμένη από πέτρα. Τα στενά δρομάκια οδηγούσαν σ' ένα λαβύρινθο πυκνοκατοικημένων γειτονιών. Η ατμόσφαιρα ήταν βαριά. Μια μπόχα κυριαρχούσε παντού μυρωδιές από ζώα, βαριές μυρωδιές φαγητών, μυρωδιές από ανθρώπινα περιττώματα. Όλα μαζί ανάκατα, μέσα σε μια αφόρητη ζέστη...του έφερναν αναγούλα. Προχωρούσε κοιτάζοντας δεξιά κι αριστερά. Έβλεπε ανθρώπους να κάθονται σε μπουλούκια πάνω στις λαξευμένες πέτρες του δρόμου, να γελούν, να μιλούν...

«Πώς μπορούν να είναι τόσο ξέγνοιαστοι μέσα σ' αυτή τη μιζέρια;» αναρωτήθηκε.

Έφτασε τελικά στο μπαράκι. Άνοιξε τη πόρτα και κατέβηκε τις σκάλες. Ήταν ένα βρωμερό υπόγειο. Μύριζε μούχλα ανακατωμένη με μια έντονη μυρωδιά αλκοόλ και καπνού. Κάποιες φιγούρες ξεχώριζαν μέσα απ' τους καπνούς των τσιγάρων και του χασίς. Προχώρησε προς το μπαρ, έναν πρόχειρο λιγδιασμένο πάγκο. Ένας άντρας στεκόταν πίσω απ' αυτόν Ήταν μετρίου αναστήματος, με μια βαθιά ουλή στο πρόσωπο, το δέρμα του ήταν μαυριδερό και τα μάτια του είχαν μια επικίνδυνη λάμψη. Ζήτησε τον Τομ. Αυτός κούνησε το κεφάλι του δείχνοντάς του ένα τραπέζι σε μια γωνιά. Ο Πάολο κατευθύνθηκε προς το μέρος που του υπέδειξε. Ο Τομ ήταν καθισμένος με την πλάτη προς τον Πάολο καθώς συνομιλούσε ψιθυριστά με κάποιον άλλον. Ο Πάολο πλησίασε, στάθηκε μπροστά τους και τους χαιρέτησε. Ο Τομ τον κοίταξε ανέκφραστα.

«Άργησες να έρθεις στο ραντεβού», του είπε.

«Βρήκα καταιγίδα, βούλιαξε το καράβι και με περιμάζεψαν. Παρόλα αυτά είμαι εδώ κι αυτό έχει σημασία», του απάντησε. Ο Τομ τον κοίταξε εξεταστικά.

«Αυτός είναι ο άνθρωπός μας», σκέφτηκε, «σκληρό καρύδι και σωστό παρουσιαστικό».

«Λοιπόν», του είπε, «το παιγνίδι είναι μεγάλο. Πρέπει να είσαι έτοιμος για όλα. Νομίζεις ότι θα τα καταφέρεις;»

«Ναι», απάντησε ξερά ο Πάολο. «Όσο πιο μεγάλο τόσο το καλύτερο!», σκέφτηκε.

Ο Τομ ήταν ένας Άγγλος τυχοδιώκτης, ένας άνθρωπος πολύ σκληρός. Φορούσε ένα γκρίζο χιλιοφορεμένο παντελόνι, το οποίο υποβασταζόταν από τιράντες, ενώ το άλλωτε άσπρο πουκάμισό του είχε γίνει κίτρινο μαρτυρώντας τις κακουχίες που είχε περάσει. Το πρόσωπό του ήταν χαραγμένο απ' το παγερό χέρι του χρόνου και τα ανοιχτά γαλάζια του μάτια ήταν ανέκφραστα. Άναψε ένα τσιγάρο, φύσηξε τον καπνό κοιτάζοντας τον Πάολο στα μάτια, έσκυψε ελαφρά προς το μέρος του και χαμηλώνοντας τη φωνή του, του είπε:

«Το παιγνίδι είναι πολύ καλά οργανωμένο κι αυτή τη φορά μιλάμε για εκατομμύρια στερλίνες».

Ο Πάολο τον άκουγε προσεκτικά. Ναι, ήταν διατεθειμένος να δώσει τα πάντα προκειμένου να πετύχει το στόχο του.

«Εκείνο που πραγματικά χρειαζόμαστε», συνέχισε ο Τομ, «είναι ένα σύνδεσμο στην Ιταλία που θα διοχετεύσει το εμπόρευμα. Αποφεύγουμε τις άλλες χώρες γιατί εκεί δρουν άλλες οργανώσεις και δεν θέλουμε προστριβές μεταξύ μας.»

«Κι εγώ τι πρέπει να κάνω ακριβώς;» ρώτησε ο Πάολο.

«Θα σε εφοδιάσουμε με ό,τι χρειάζεται. Θα παρουσιαστείς σαν πολυεκατομμυριούχος που ήρθε απ' το εξωτερικό. Θα προσπαθήσεις να διεισδύσεις στην υψηλή κοινωνία της Ιταλίας. Όταν θα τα καταφέρεις, τότε θα σου στείλουμε το εμπόρευμα και θα προσπαθήσεις να το διαθέσεις».

«Μάλιστα», είπε ο Πάολο, «και για τι είδους εμπόρευμα μιλάμε;»

«Για διαμάντια. Ένα τεράστιο φορτίο από διαμάντια που μαζεύει η οργάνωση. Θα φύγουν από το Γιοχάνεσμπουργκ σε δύο μήνες. Θα περάσουν με καραβάνια εμπόρων μέσω των συνόρων και θα φτάσουν εδώ. Μετά θα σταλούν στην Ιταλία με δικό μας καράβι. Εκεί θα τα παραλάβεις εσύ. Η όλη διαδικασία θα πάρει έξι μήνες. Πρέπει να φροντίσεις αυτούς τους μήνες να τα καταφέρεις».

Ο Πάολο απάντησε καταφατικά. «Όχι μόνο θα κάνω χρήματα», σκέφτηκε, «αλλά μέχρι τότε θα έχω καταφέρει να θεωρούμαι επιφανές μέλος της υψηλής κοινωνίας της Ιταλίας». Τον θάμπωνε ο πλούτος κι η δύναμη που προσέδιδε, όπως τον θάμπωνε κι η ζωή αυτών που τα διέθεταν.

«Λοιπόν;» ρώτησε ο Πάολο, «πότε ξεκινώ για Ιταλία;»

Στο σκληρό πρόσωπο του Τομ φάνηκε ένα ίχνος χαμόγελου. «Το λέει η ψυχή του μικρού», είπε απευθυνόμενος στο τρίτο άτομο της παρέας. «Λοιπόν μικρέ, ακολούθησέ με...».

Σηκώθηκε και κατευθύνθηκε προς μια ετοιμόρροπη πόρτα στο βάθος της αίθουσας. Την χτύπησε και μια τραχιά φωνή ακούστηκε από μέσα. Ο Τομ άνοιξε κι έκανε νόημα στον Πάολο να τον ακολουθήσει. Ένας άντρας με λιγδιασμένα μαλλιά καθόταν εκεί, πίσω από ένα παλιό γδαρμένο γραφείο. Ήταν γύρω στα εξήντα με αδρά χαρακτηριστικά. Η μυρωδιά του πούρου του μαζί με τον ιδρώτα έκανε την ατμόσφαιρα αηδιαστική. Έκανε πολλή ζέστη. Ο Πάολο κι οι άλλοι ήταν λουσμένοι στον ιδρώτα. Ένας παλιός φτηνός ανεμιστήρας γύριζε με κόπο αλλά δυστυχώς δεν έκανε καμιά ιδιαίτερη διαφορά. Ο Τομ κι ο Πάολο κάθισαν σε κάτι χιλιομπαλωμένες πολυθρόνες, οι οποίες έτριξαν επικίνδυνα κάτω απ' το βάρος του κορμιού τους.

«Λοιπόν», είπε ο άνθρωπος που καθόταν πίσω απ' το γραφείο και που ο Πάολο υπέθετε ότι ήταν κι ο ιδιοκτήτης του μπαρ. «Αυτός είναι ο μικρός;» ρώτησε.

Ο Τομ απάντησε μονολεκτικά μ' ένα ξερό «ναι».

Ο άνθρωπος αυτός λεγόταν Τζακ. Κανείς δεν ήξερε ούτε το επίθετό του, ούτε από που προερχόταν. Ήταν ο αρχηγός της οργάνωσης, ιδιοκτήτης πέντε μπαρ κι ενός καραβιού, τα οποία χρησιμοποιούσε για "ύποπτες" δουλειές. Αυτός ήταν ο άνθρωπος που κινούσε τα νήματα της οργάνωσης σ' όλη την Αφρική. Έκανε λαθρεμπόριο με ό,τι μπορούσε να είναι πολύτιμο για την Ευρώπη. Περνούσε αρκετό καιρό στη Καζαμπλάνκα μέχρι να οργανώσει την κάθε αποστολή, ενώ τους υπόλοιπους μήνες του χρόνου παρουσιαζόταν στην Αγγλία σαν επιφανής πολυεκατομμυριούχος μετανάστης. Είχε καταφέρει να διεισδύσει ακόμα και στις πιο αυστηρές λέσχες των επωνύμων αντρών του Λονδίνου κι είχε κερδίσει όλη την εκτίμηση και το σεβασμό τους. Εκμεταλλευόταν την ματαιοδοξία τους και τους πλάσαρε, σαν δήθεν μεγαλέμπορος που νόμιζαν ότι ήταν, προϊόντα αξίας σε χονδρικές τιμές. Γι' αυτόν οι πόρτες ήταν παντού ανοικτές. Είχε στήσει πραγματικά μια τεράστια επιχείρηση και σκοπός του τώρα ήταν να επεκταθεί στην Ιταλία. Χρειαζόταν κάποιον άλλον όμως να το κάνει για να μην κινήσει υποψίες. Θ' άρχιζε με διαμάντια και μετά θα έκρινε κατά πόσο το έδαφος ήταν εύφορο για περαιτέρω επιχειρήσεις. Κοίταξε εξεταστικά τον Πάολο. Παρόλα τα φτωχικά του ρούχα και την άθλια κατάστασή του φαινόταν να έχει το παρουσιαστικό που χρειαζόταν. Είχε όμορφα χαρακτηριστικά κι ενέπνεε εμπιστοσύνη και γοητεία, ταλέντα που σίγουρα θα ξεγελούσαν τους πάντες. Απ' την άλλη, ήταν ένας νεαρός αποφασισμένος για όλα.

«Μάλιστα, μάλιστα», μουρμούρισε αφού τελείωσε την εξονυχιστική του εξέταση. «Λοιπόν, νεαρέ, θα μείνεις εδώ για ένα μήνα. Θα σε διδάξω πράγματα τα οποία πρέπει οπωσδήποτε να γνωρίζεις, αφού σκοπός μας είναι να παρουσιαστείς σαν ένας εύπορος νεαρός τζέντλεμαν με στόχο να διεισδύσεις στην υψηλή κοινωνία. Θα σε μάθω να ντύνεσαι, να συμπεριφέρεσαι και ν' αποκτήσεις τις γνώσεις που χρειάζονται για να μπορείς ν' αντεπεξέλθεις σ' οποιαδήποτε συζήτηση χωρίς να προδώσεις την καταγωγή σου. Τέλος, θα σ' εφοδιάσω με χρήματα κι ό,τι άλλο χρειάζεται και θα σε στείλω με το καράβι μου στην Ιταλία. Από κει και πέρα θα είσαι μόνος σου. Θα βάλω ανθρώπους να σε παρακολουθούν και την κατάλληλη στιγμή θα επικοινωνήσω μαζί σου. Αυτό είναι το σχέδιο. Σε περίπτωση που θα κάνεις έστω και το παραμικρό λάθος που θα θέσει σε κίνδυνο την οργάνωση, σε προειδοποιώ ότι θα το πληρώσεις με τη ζωή σου. Έγινα κατανοητός;»

Ο Πάολο έσφιξε τα δόντια. Ναι, θα έδινε ακόμα και τη ζωή του για να πετύχει αυτό που ήθελε. Το παιγνίδι θα ήταν σκληρό κι επικίνδυνο αλλά ήταν έτοιμος να το παίξει. Ο Τζακ είδε την αποφασιστικότητα ζωγραφισμένη στο πρόσωπο του Πάολο.

«Έτσι μπράβο.», είπε, «Λοιπόν, θα μείνεις σ' ένα δωμάτιο πάνω απ' το μπαρ. Κάθε μέρα θα είμαστε μαζί μέχρι να είσαι έτοιμος». Έκανε νόημα στον Τομ ότι τελείωσε. Ο Τομ σηκώθηκε.

«Οδήγησέ τον στο δωμάτιο Τομ, δώσ' του ρούχα και πήγαινε στη δουλειά σου», του είπε.

Ο Τομ υπάκουσε. Άνοιξε την πόρτα και προχώρησε προς την έξοδο του μπαρ. Ο Πάολο τον ακολούθησε. Ανέβηκαν τα στενά, πέτρινα, σκονισμένα σκαλοπάτια και βρέθηκαν μπροστά σε μια μικρή πόρτα, τόσο μικρή, που κι οι δύο αναγκάστηκαν να σκύψουν για να διαβούν το κατώφλι της. Το δωμάτιο είχε ένα στενό παράθυρο, το οποίο επέτρεπε στο φως να εισχωρήσει μέσα σ' αυτό, ένα σιδερένιο κρεβάτι, ένα κομοδίνο κι ένα τραπέζι με μια καρέκλα που ήταν τοποθετημένα τόσο στενάχωρα που σχεδόν δεν υπήρχε χώρος για να σταθούν κι οι δύο μαζί.

Ο Πάολο κάθισε στο παλιό στρώμα του κρεβατιού κι ένα μικρό σύννεφο σκόνης σηκώθηκε, μαρτυρώντας ότι το δωμάτιο είχε πολύ καιρό να φιλοξενήσει κάποιον επισκέπτη. Ο Τομ εξαφανίστηκε για λίγο κι όταν επέστρεψε κρατούσε άτσαλα ένα δέμα με ρούχα.

«Έλα φόρεσε αυτά και ξεκουράσου. Ο Τζακ δεν αστειεύεται. Σε περιμένει πολλή δουλειά», του είπε κι έφυγε.

Ο Πάολο έβγαλε τα σκισμένα ρούχα και τα πέταξε σε μια γωνιά. Μια κανάτα με νερό και μια κούπα για να ξεπλυθεί που ήταν πάνω στο τραπέζι, φάνηκαν στον Πάολο υπερβολική πολυτέλεια γι' αυτό το δωμάτιο. Έχυσε το νερό στην κούπα κι άρχισε να ξεπλένεται. Ένιωσε φοβερή ανακούφιση. Το νερό της θάλασσας, η σκόνη, η ζέστη, ο ιδρώτας είχαν κάνει το δέρμα του να σκάσει σε πολλά σημεία. Τον έκαιγαν οι μικρές πληγές σαν πυρακτωμένες βελόνες. Ξεπλύθηκε όσο καλύτερα μπορούσε και φόρεσε τα ρούχα που του έφερε ο Τομ. Ένιωσε πολύ καλύτερα. Ο ήλιος είχε αρχίσει να δύει. Κοίταξε έξω απ' το παράθυρο. Ο ουρανός είχε πάρει ένα όμορφο πορτοκαλί χρώμα. Σκεφτόταν όλα όσα του είχαν συμβεί. Η ζωή του περνούσε σαν ταινία μπροστά απ' τα μάτια του.

«Θα τα καταφέρω», μονολόγησε με πείσμα.

Το σκοτάδι είχε αρχίσει να πέφτει. Το στομάχι του ήταν αρκετές ώρες άδειο κι είχε αρχίσει να διαμαρτύρεται έντονα. Αποφάσισε να κατεβεί στο μπαράκι. Ο αέρας έξω ήταν τώρα πολύ δροσερός κι άγνωστες σ' αυτόν μυρωδιές του τρυπούσαν την μύτη. Κατέβηκε τα σκαλοπάτια και μπήκε μέσα. Προς μεγάλη του έκπληξη αρκετοί πελάτες είχαν κατακλύσει το μαγαζί.... πλησίασε στο μπαρ.

«Υπάρχει κάτι φαγώσιμο;» ρώτησε λακωνικά τον μπάρμαν.

«Θα σου φέρω», του είπε αυτός.

Χάθηκε για λίγο κι όταν ξαναεμφανίστηκε, κρατούσε ένα πιάτο με δύο αυγά, ένα κομμάτι κρέας κι ένα παράξενο σε σχήμα ψωμί. Ο Πάολο έπεσε με τα μούτρα στο φαγητό. Πεινούσε τόσο πολύ που νόμιζε ότι αυτό το πιάτο ήταν ό,τι νοστιμότερο υπήρχε στη γη.

Μόλις τελείωσε, η πόρτα του γραφείου άνοιξε κι ο Τζακ εμφανίστηκε στο κατώφλι της. Του έκανε νόημα να περάσει. Ο Πάολο υπάκουσε. Ο Τζακ έκλεισε την πόρτα πίσω τους.

«Λοιπόν», του είπε, «από αύριο απ' τις επτά το πρωί μέχρι αργά το βράδυ αρχίζουμε την εκπαίδευσή σου. Πρέπει να βάλεις τα δυνατά σου. Τώρα πήγαινε». Ο Πάολο σηκώθηκε, χαιρέτησε και πήρε το δρόμο για το δωμάτιό του.

Εκείνη τη νύχτα ονειρεύτηκε την μεγάλη του επιτυχία. Το πρωί ξύπνησε ευδιάθετος κι αφού ετοιμάστηκε, πήγε κάτω στο μπαρ. Ο μπάρμαν του είχε ήδη ετοιμάσει ένα αρκετά δυναμωτικό πρωινό. Ο Πάολο σκέφτηκε ότι πρέπει να είχε τα χάλια του.

Τα μαθήματα άρχισαν στις επτά ακριβώς. Ο Τζακ δε δεχόταν φλυαρίες και γι' αυτόν κάθε λεπτό ήταν πολύτιμο. Ο Τζακ άρχισε λέγοντας ότι για να τα καταφέρει να γίνει αποδεκτός στους κύκλους που επιθυμούσαν, έπρεπε αρχικά να έχει σφαιρικές γνώσεις κι οπωσδήποτε άποψη για να μπορεί να εμπλέκεται μ' άνεση σ' οποιαδήποτε συζήτηση. Έπρεπε να ξέρει να ντύνεται κομψά και να συμπεριφέρεται άψογα. Λάθη συμπεριφοράς θα μπορούσαν να αποβούν μοιραία.

«Γι' αυτό νεαρέ θα ξεκινήσουμε μαθαίνοντας ιστορία, πολιτική και μετά θ' ασχοληθούμε σε βάθος με οικονομικά κι εμπορικά θέματα. Άλλωστε, αφού παρουσιαστείς σαν επιτυχημένος μεγαλέμπορας, οφείλεις να είσαι άνετος σε κάθε είδους συζήτηση, σε όποιο επίπεδο κι αν είναι σ' αυτούς τους τομείς».

Οι μέρες περνούσαν με τον Τζακ να μεταδίδει τεράστιο όγκο πληροφοριών στον Πάολο. Η έκπληξή του ήταν μεγάλη μ' αυτόν τον νεαρό. Απορροφούσε τα πάντα σαν σφουγγάρι. Δε δυσκολευόταν σε καμία περίπτωση ν' αντιληφθεί το οποιοδήποτε θέμα έθετε ο Τζακ. Η θέλησή του ήταν τρομερή.

Η εκπαίδευση του Πάολο προχωρούσε πολύ πιο γρήγορα απ' ότι ανέμενε ο Τζακ. Είχαν καλύψει τα θέματα γενικών γνώσεων και τους απέμεναν τα θέματα καλής συμπεριφοράς. Του είχε ετοιμάσει καταλόγους ποτών που έπρεπε να γνωρίζει και του εξηγούσε ποιο έπρεπε να πίνει πριν το φαγητό και ποιο μετά το φαγητό· ποιο ποτό έπρεπε να συνοδεύει το ένα είδος φαγητού και ποιο το άλλο. Του είχε γράψει τα ποτά ανάλογα με την εμπορική τους αξία.

Του κατονόμασε όλων των ειδών τα πούρα που κυκλοφορούσαν στην αγορά, με την εμπορική τους αξία και την ποιότητά τους. Όλες αυτές οι πληροφορίες που κάποιοι ίσως θα θεωρούσαν μικρές κι ασήμαντες λεπτομέρειες, θα μπορούσαν να τον προδώσουν καταστροφικά.

Ο Πάολο τα έμαθε όλα. Ήταν σαν ένας διψασμένος που κατάπινε με ηδονή το πολύτιμο υγρό που του έδινε η ζωή.

Η αλήθεια είναι ότι εκείνο που τον δυσκόλεψε περισσότερο ήταν όλα εκείνα τα μαχαιροπίρουνα και ποτήρια που αντιστοιχούσαν σε κάθε είδος φαγητού και ποτού. Χρειάστηκαν πολλές πρόβες μέχρι να μάθει να τα χρησιμοποιεί με τον σωστό τρόπο. Το τελευταίο μάθημα αφορούσε την συμπεριφορά του προς το γυναικείο φύλο.

Ο Τζακ παρόλο που εμφανισιακά δεν ήταν ωραίος άντρας, είχε βγάλει τη φήμη ενός τέλειου γόη μεταξύ του θηλυκού πληθυσμού των κύκλων που σύχναζε στην Αγγλία κι αυτό φρόντισε επιμελώς να το μεταφέρει και στον Πάολο.

Ο μήνας της εντατικής εκπαίδευσης του είχε περάσει. Ο Πάολο στεκόταν μπροστά στον Τζακ, ντυμένος μ' ένα κομψό γκρίζο κουστούμι, που ο τελευταίος τον είχε εφοδιάσει, μαζί με μια καρνταρόμπα που θα του ήταν χρήσιμη τον πρώτο καιρό που θα έμενε στη Ρώμη. Ήταν έτοιμος να μπαρκάρει με προορισμό τ' όνειρό του.

Ο Τζακ τον κοίταξε εξεταστικά και χαμογέλασε με περηφάνια. Σίγουρα τ' αποτέλεσμα ήταν πολύ καλύτερο απ' τ' αναμενόμενο. Είχε δημιουργήσει ένα φαινόμενο.

Ο νεαρός που στεκόταν μπροστά του ήταν άψογος. Όμορφος, κομψός, γοητευτικός, με τον αέρα του πολυταξιδεμένου, μ' άριστες γνώσεις, πανέξυπνος, ενέπνεε μια αύρα αυτοπεποίθησης κι εμπιστοσύνης. «Η επιτυχία είναι σίγουρη», σκέφτηκε και μια αστραπή θριάμβου πέρασε απ' τα μάτια του.

Ο Πάολο του χαμογέλασε. Είχε διαβάσει στο πρόσωπό του την ικανοποίηση που ένιωθε κι αυτό του έδωσε ακόμα περισσότερη αυτοπεποίθηση.

«Λοιπόν αγαπητέ μου, αυτό ήταν!» του είπε ο Τζακ. «Θα σε συνοδεύσω προσωπικά στο λιμάνι όπου θα μπαρκάρεις με το καράβι μου. Απ' τη στιγμή που θα φύγεις, θα είσαι μόνος σου. Εγώ θα σου δώσω μια τελευταία συμβουλή: Πάντα να χρησιμοποιείς το μυαλό σου. Ποτέ μην παρασύρεσαι από συναισθηματισμούς κι εκμεταλλεύσου την ματαιοδοξία των ανθρώπων. Έχεις όλα τ' αναγκαία εφόδια κι η επιτυχία σου είναι σίγουρη».

Ο Πάολο τον ευχαρίστησε και τον αποχαιρέτησε. Επιβιβάστηκε στο καράβι και στάθηκε στο κατάστρωμα κοιτάζοντας την φιγούρα του Τζακ, που απομακρυνόταν καθώς αυτοί προχωρούσαν, μέχρι που χάθηκε. Τα τελευταία λόγια του Τζακ έμελλε να γίνονταν η Βίβλος για τον Πάολο κι η καταστροφή του...

Ο Ρίτσαρντ τα ζούσε όλα αυτά σαν πρωταγωνιστής σε ταινία. Ένιωθε έντονα τα συναισθήματα του Πάολο κι αναταραζόταν μέσα στο βαθύ του λήθαργο μουρμουρίζοντας ανάκατες λέξεις στα ιταλικά.

Οι επιστήμονες απ' το Ινστιτούτο Παραψυχολογίας είχαν ήδη ξεκινήσει δουλειά. Είχαν περάσει τρεις εβδομάδες που ο Ρίτσαρντ βρισκόταν σ' αυτή την κατάσταση, γι' αυτό θεώρησαν σωστό και ασφαλέστερο να μην τον μετακινήσουν. Επομένως μετέφεραν όλα τα αναγκαία μηχανήματα εκεί. Τον είχαν γεμίσει με καλώδια που κατέγραφαν όλες τις εγκεφαλικές του αντιδράσεις και που συνήθως χρησιμοποιούσαν στις περιπτώσεις ανθρώπων που βρίσκονταν σε κατάσταση ύπνωσης. Τον παρακολουθούσαν επί εικοσιτετραώρου βάσεως, προσπαθώντας να βγάλουν τα δικά τους συμπεράσματα και κυρίως, να τον βοηθήσουν να επανέλθει ομαλά χωρίς τον κίνδυνο να του δημιουργηθούν οποιαδήποτε προβλήματα, είτε ψυχικά είτε σωματικά.

Η Έρικα βρισκόταν συνέχεια κοντά του. Η όλη κατάσταση ήταν γι' αυτήν ψυχοφθόρα. Η κούραση την είχε καταβάλει. Ένιωθε αδυναμία και ζαλάδες.

Ο Τζιανκάρλο, ο συνεργάτης του Ρίτσαρντ, βρισκόταν συνεχώς κοντά της προσπαθώντας να την εμψυχώνει. Είχε καταλάβει ότι το ενδιαφέρον της δεν ήταν επαγγελματικό αλλά καθαρά συναισθηματικό.

Οι μέρες περνούσαν και το κινητό της δεν έπαυε να κτυπά. Η Έρικα απαντούσε σ' όλα τα τηλεφωνήματα, που κυρίως προέρχονταν απ' το γραφείο κι αναγκαζόταν να παίρνει αποφάσεις και να δίνει λύσεις στα διάφορα προβλήματα που παρουσιάζονταν.

«Ξέρεις Τζιανκάρλο», του είπε μια μέρα, «σκέφτομαι να γυρίσω πίσω για ν' αναλάβω τη διεύθυνση της επιχείρησης του Ρίτσαρντ, διότι βλέπω ότι άρχισαν να παρουσιάζονται σοβαρά προβλήματα λόγω της απουσίας και των δυο μας. Ξέρω ότι ο Ρίτσαρντ δεν θα ενέκρινε τέτοια κίνηση γιατί μ' έχει βάλει στο μάτι, αλλά προς το παρόν δεν υπάρχει καλύτερη λύση. Έχω ρωτήσει τους γιατρούς και δεν γνωρίζουν πότε θα επανέλθει ο Ρίτσαρντ. Επίσης δεν γνωρίζουν -έστω κι αν επανέλθει- πόσος καιρός θα χρειαστεί για να είναι σε καλή πνευματική κατάσταση. Γι' αυτό πρέπει να φύγω για να αποτρέψω τυχόν οικονομική του καταστροφή. Εκείνο που θα ήθελα από σένα είναι να με κρατάς ενήμερη καθημερινά για την κατάστασή του. Θα μπορέσεις να το κάνεις αυτό Τζιανκάρλο;» Τα μάτια της ήταν γεμάτα θλίψη κι η κούραση ήταν ζωγραφισμένη στο πρόσωπό της.

«Όμως ήταν ένας άγγελος!» σκέφτηκε ο Τζιανκάρλο. «Πώς μπορούσε να μην το βλέπει αυτό ο Ρίτσαρντ; Πώς μπορούσε να μην βλέπει ότι η Έρικα τον αγαπούσε τόσο βαθιά; Πώς μπορούσε να την βασανίζει με τέτοιο βάναυσο τρόπο;»

Ήξερε πολλές λεπτομέρειες γι' αυτούς τους δυο, γιατί είχε αρκετούς φίλους στο κεντρικό γραφείο, οι οποίοι φρόντιζαν να του τα μεταφέρουν κουτσομπολεύοντας με κακεντρέχεια τ' αφεντικό τους.

«Μην ανησυχείς Έρικα», της είπε. «Θα σ' ενημερώνω καθημερινά για τα πάντα».

Η Έρικα του χαμογέλασε και τον φίλησε. «Γεια σου Τζιανκάρλο», του είπε, «σ' ευχαριστώ για όλα».

Σηκώθηκε να φύγει και κοίταξε ακόμα μια φορά τον Ρίτσαρντ μέσα απ' τον γυάλινο τοίχο που τους χώριζε. Τον κοίταξε με τόση λατρεία που ο Τζιανκάρλο τη λυπήθηκε. Ύστερα γύρισε κι αργά προχώρησε προς την έξοδο.

«Καλή τύχη κορίτσι μου...» ψιθύρισε ο Τζιανκάρλο.

Η Έρικα επέστρεψε την επομένη στο μικρό της διαμερισματάκι. Ήταν κατάκοπη. Μπήκε κατευθείαν στο ντους κι άφησε το νερό να τρέχει για αρκετή ώρα πάνω της. Ένιωσε το καταπονεμένο της κορμί να ηρεμεί, όμως πάλι αισθανόταν αυτή την ενοχλητική αδυναμία που της έφερνε ζαλάδες.

«Πρέπει να πάω στο γιατρό», σκέφτηκε βγαίνοντας απ' το ντους. Φόρεσε το μπουρνούζι της και σωριάστηκε σε μια πολυθρόνα. Ήταν απόγευμα.

«Θα τηλεφωνήσω για ραντεβού», σκέφτηκε και σήκωσε τ' ακουστικό. Της απάντησε μια ευχάριστη ανδρική φωνή. Ήταν ο οικογενειακός της γιατρός, ο οποίος την ήξερε από μωρό παιδί.

«Έρικα τι γίνεσαι;» τη ρώτησε. «Πώς είσαι καλό μου κορίτσι;»

«Όχι καλά γιατρέ», του απάντησε κουρασμένα.

Ο γιατρός ανησύχησε. Δεν είχε ακούσει ποτέ την Έρικα να μιλά έτσι. Ήταν πάντα ένα παιδί γεμάτο ζωντάνια κι αυτοπεποίθηση και την αγαπούσε σαν δικό του παιδί.

«Τι συμβαίνει Έρικα;» τη ρώτησε ανήσυχος.

«Δεν ξέρω, νιώθω πολύ άσχημα», του απάντησε κουρασμένα.

«Θέλεις να περάσεις από εδώ να σε δω τώρα;» την ρώτησε και πάλι.

«Δεν μπορώ τώρα γιατρέ. Νιώθω φοβερή κούραση κι αδυναμία», του απάντησε.

«Τότε θα έρθω εγώ», της είπε. «Πες μου πού μένεις».

Η Έρικα του έδωσε τη διεύθυνσή της κι έκλεισαν το τηλέφωνο. Δεν είχε δύναμη ούτε να κουνηθεί απ' την πολυθρόνα.

Ο γιατρός έφτασε κοντά της όσο πιο γρήγορα μπορούσε. Του έκανε εντύπωση η φτωχική γειτονιά κι η άθλια πολυκατοικία που έμενε η Έρικα. Γνώριζε όλα όσα είχαν συμβεί. Του τα είχε πει η μητέρα της Έρικα. Γνώριζε επίσης ότι μόνο αυτός ήξερε, εκτός απ' τη μητέρα της, πού ζούσε η Έρικα. Ήταν επίσης πολύ θυμωμένος με τη στάση που κράτησε ο πατέρας της, ο οποίος εκτός ότι την έδιωξε απ' το σπίτι, είχε απαγορεύσει ρητά στη γυναίκα του να έχει οποιαδήποτε επικοινωνία μαζί της. Αυτή είχε προσπαθήσει να τη δει, κι όταν τ' ανακάλυψε ο άντρας της, κόντεψε να την χωρίσει. Από τότε, ακόμα κι η ίδια η Έρικα της είχε απαγορεύσει να τη βλέπει ή να της τηλεφωνεί για να την προστατεύσει, παρόλο που αυτό την έκανε ιδιαίτερα δυστυχισμένη.

Της χτύπησε την πόρτα. Η Έρικα του άνοιξε σέρνοντας τα πόδια της. «Θεέ μου», σκέφτηκε, «πώς έχει γίνει έτσι;»

«Γεια σου Έρικά μου», της είπε μ' ένα χαμόγελο που έκανε την Έρικα να καταλάβει πως έπρεπε να φαινόταν πολύ χάλια. Τον οδήγησε στο δωμάτιό της.

«Ξάπλωσε κορίτσι μου εδώ να σ' εξετάσω», της είπε.

Την εξέτασε με πολλή προσοχή και μια υποψία καρφώθηκε στο μυαλό του.

«Θα ήθελα να σου κάνω μερικές αναλύσεις», της είπε.

«Όπως νομίζεις γιατρέ», του απάντησε και της πήρε όλα τ' αναγκαία δείγματα.

«Περίμενε ένα λεπτό κορίτσι μου», της είπε. «Θέλω να κάνω μια γρήγορη πρώτη ανάλυση» και λέγοντας αυτά χάθηκε στο μπάνιο.

Η Έρικα έμεινε ξαπλωμένη στο κρεβάτι. Ένιωθε ανακούφιση και καθώς περίμενε το γιατρό που είχε εξαφανιστεί, τα βλέφαρά της άρχισαν να βαραίνουν. Ήθελε πολύ να κοιμηθεί όταν ξαφνικά άνοιξε η πόρτα κι εμφανίστηκε ο γιατρός. Είχε ένα πολύ περίεργο ύφος.

«Τι συμβαίνει γιατρέ;» τον ρώτησε.

Βημάτισε για λίγο σκεφτικός και προχώρησε προς το μέρος της. Κάθισε στην άκρη του κρεβατιού με τα χέρια δεμένα, την κοίταξε φευγαλέα και μετά η ματιά του καρφώθηκε στο πάτωμα. Η Έρικα τον κοίταζε ανήσυχη.

«Είναι κάτι σοβαρό γιατρέ;» τον ρώτησε πάλι.

Γύρισε και την κοίταξε στα μάτια. «Έρικα παιδί μου», της είπε αργά κι η φωνή του έτρεμε ελαφρά. «Μην ανησυχείς, είσαι απόλυτα υγιής αλλά πρέπει να φανείς δυνατή σ' αυτό που θα σου πω».

Η Έρικα είχε τρομοκρατηθεί. «Τι μπορούσε να συμβαίνει;» αναρωτιόταν. Ποτέ δεν είχε δει αυτό τον άνθρωπο, που γνώριζε τόσα χρόνια, ν' αντιδρά με τέτοιο τρόπο. Τον κοίταξε παρακλητικά.

Ο γιατρός πήρε μια βαθιά ανάσα και συνέχισε. «Κάτω από άλλες συνθήκες αυτό θα ήταν ένα πολύ ευχάριστο νέο, αλλά τώρα θα είναι για σένα μια περιπλοκή στη ζωή σου, γιατί βλέπεις Έρικα...», κόμπιασε για λίγο, πήρε βαθιά ανάσα και συνέχισε. «Βλέπεις παιδί μου, όλα δείχνουν ότι είσαι έγκυος».

Η Έρικα πάγωσε. Τον κοίταζε σα να μην είχε καταλάβει τι της έλεγε.

«Θεέ μου», σκέφτηκε, «ένα παιδί... Το δικό του παιδί. Τι θα κάνω τώρα; Πώς έχει γίνει έτσι η ζωή μου;»

Ο γιατρός την κοίταζε με ανησυχία. «Έρικα, σε παρακαλώ μην ταράζεσαι», της είπε, «πρέπει να σκεφτούμε ήρεμα».

Της ήρθαν δάκρυα στα μάτια. Δεν άντεχε πια. «Τι θα γινόταν τώρα; Πώς θα αντιμετώπιζε αυτή την κατάσταση;» Ξέσπασε σε λυγμούς.

«Έρικα, σε παρακαλώ», της είπε πάλι ο γιατρός. «Πρέπει να είσαι ψύχραιμη. Αν βλέπεις ότι δεν μπορείς ν' αντεπεξέλθεις στις καταστάσεις που θα δημιουργηθούν τότε, λυπάμαι που το λέω αυτό, αλλά υπάρχουν κι οι εκτρώσεις. Εγώ θα είμαι κοντά σου, αλλά πρέπει να ξέρεις ότι δεν σου απομένει πολύς χρόνος για ν' αποφασίσεις, γιατί ήδη η εγκυμοσύνη σου έχει προχωρήσει».

Η Έρικα στ' άκουσμα της εισήγησης του γιατρού ένιωσε μια ανατριχίλα.

«Όχι,» σκέφτηκε, «όχι, δεν μπορώ να σκοτώσω αυτό το πλάσμα που είναι μέσα μου... Όχι το παιδί του... Όχι το παιδί μας!». Συνήλθε σχεδόν αμέσως πνίγοντας τα δάκρυά της. «Όχι γιατρέ», του είπε. «Είναι το παιδί του, τον αγαπώ. Είναι το παιδί μου, δεν θα το σκοτώσω όσο κι αν χρειαστεί να θυσιάσω την υπόλοιπή μου ζωή γι' αυτό».

Την κοίταξε σοβαρός στα μάτια. «Πιστεύω ότι πήρες τη σωστή απόφαση κορίτσι μου», της είπε, «και θα δεις ότι δεν θα το μετανιώσεις. Ο Θεός είναι μεγάλος». Έσκυψε και την φίλησε.

«Θα φύγω τώρα», της είπε. «Πρέπει να ξεκουραστείς για λίγες μέρες, γι' αυτό θα έρχομαι καθημερινά να σε βλέπω...» και λέγοντας αυτά σηκώθηκε, πήρε τη βαλίτσα του κι έφυγε.

Η Έρικα δεν το κούνησε απ' το κρεβάτι. Έκλεισε τα μάτια και βυθίστηκε σ' ένα βαθύ ανήσυχο ύπνο.

Για τις επόμενες τρεις μέρες ο γιατρός πηγαινοερχόταν καθημερινά ενώ η Σάλλυ είχε αναλάβει χρέη φροντίστριας. Καθάριζε το διαμέρισμα της Έρικας και της μαγείρευε. Ήταν πραγματικά πολύ γλυκιά και φρόντισε να μην της λείψει τίποτα. Την τέταρτη μέρα, όταν η Έρικα ένιωσε ότι συνήλθε εντελώς απ' τις κακουχίες που είχε περάσει, σηκώθηκε κι αφού ετοιμάστηκε, ξεκίνησε για τη δουλειά. Η Σάλλυ τη συνάντησε στις σκάλες.

«Πού πας;» τη ρώτησε ανήσυχη.

«Πρέπει να πάω δουλειά.», της είπε μ' ένα γλυκό χαμόγελο η Έρικα. «Σ' ευχαριστώ για όλα όσα έχεις κάνει για μένα».

«Πάντα θα είμαι εδώ Έρικα...» της είπε αυτή. «Ό,τι χρειαστείς μην στεναχωρηθείς να μου το ζητήσεις».

«Σ' ευχαριστώ», της είπε και την έσφιξε στην αγκαλιά της.

Πήρε ταξί και μετά από λίγη ώρα βρισκόταν στο ισόγειο του κτιρίου όπου στεγάζονταν τα γραφεία του Ρίτσαρντ. Ένιωθε ένα σφίξιμο στο στομάχι. Σίγουρα ο Ρίτσαρντ θα γινόταν έξω φρενών αν ήξερε ότι η Έρικα θ' αναλάμβανε τις επιχειρήσεις του.

«Θα με σκοτώσει...» σκεφτόταν, αλλά προς το παρόν, σύμφωνα με τις πληροφορίες που της έδινε καθημερινά ο Τζιανκάρλο, ο Ρίτσαρντ δεν παρουσίαζε καμία βελτίωση. Η κατάστασή του παρέμενε σταθερά η ίδια.

«Έτσι αγάπη μου», σκέφτηκε, «θες δεν θες θ' αναλάβω τα πάντα εγώ, αν δεν θέλεις να καταλήξεις απένταρος».

Πήρε τον ανελκυστήρα κι ανέβηκε στον πέμπτο όροφο. Μόλις την είδαν τα παιδιά εκεί, έτρεξαν κοντά της χαρούμενα. Ήταν πολύ αγαπητή η Έρικα. Πάντα χαμογελαστή κι ευγενική είχε κερδίσει την εμπιστοσύνη και την αγάπη όλων εκεί μέσα.

Μετά τις πρώτες αντιδράσεις άρχισαν να την κατακλύζουν με σωρεία ερωτήσεων για τον Ρίτσαρντ. Η Έρικα φρόντισε να τους δώσει ικανοποιητικές απαντήσεις, χωρίς όμως να εισέλθει σε λεπτομέρειες.

Επίσης, τους δήλωσε ρητά ότι μέχρι νεωτέρας ειδοποιήσεως θ' αναλάμβανε η ίδια την διεύθυνση των επιχειρήσεων. Τα παιδιά κοιτάχτηκαν μ' απορία, αλλά η αντίδραση τους ήταν θετική. Η Έρικα προχώρησε προς το γραφείο του Ρίτσαρντ.

«Κάρεν, σε παρακαλώ, έλα στο γραφείο», είπε απευθυνόμενη προς μια μεσήλικη γυναίκα.

Η Κάρεν ήταν η πιο παλιά υπάλληλος στην εταιρεία του Ρίτσαρντ κι η μόνη που καταλάβαινε ότι πίσω απ' τη σκληρή συμπεριφορά του κρυβόταν ένα πληγωμένο παιδί. Ο Ρίτσαρντ την εκτιμούσε και την εμπιστευόταν αφάνταστα. Επίσης, ήταν η μόνη που είχε καταλάβει τι συνέβαινε μεταξύ του και της Έρικας πολύ πριν απ' τους υπόλοιπους και που λυπόταν πραγματικά για την τροπή που είχαν πάρει τα πράγματα. Τ' αγαπούσε και τα εκτιμούσε και τα δυο παιδιά κι είχε καταλάβει περισσότερο απ' τα ίδια ότι αγαπιόντουσαν τρελά μεταξύ τους, αλλά δεν έβρισκαν τρόπο να επικοινωνήσουν.

Η Κάρεν είχε ακολουθήσει την Έρικα στο γραφείο του Ρίτσαρντ. Η Έρικα γύρισε προς το μέρος της και της χαμογέλασε.

«Τι κάνεις Κάρεν;» της είπε. «Πώς πάνε τα πράγματα εδώ;»

Η Κάρεν την κοίταξε. Φαινόταν πολύ ταλαιπωρημένη η Έρικα. «Σίγουρα την απασχολούσαν πολλά», σκέφτηκε.

«Καλά είμαι κυρία Έρικα», της είπε. «Θα σας ενημερώσω για την εταιρεία. Έχω κρατήσει τα πάντα. Δυστυχώς, έχετε πολλή και δύσκολη δουλειά να κάνετε. Έχουν δημιουργηθεί πολλά προβλήματα με την απουσία και των δυο σας».

«Λοιπόν, αρχίζουμε!» είπε η Έρικα. «Αλλά πριν αρχίσουμε, θα ήθελα να σε παρακαλέσω να με φωνάζεις Έρικα και να μου απευθύνεσαι στον ενικό. Θα ήθελα να συνεργαστούμε μεταξύ μας. Θα ήθελα την βοήθειά σου, γι' αυτό μεταξύ μας δεν θέλω να υπάρχει η απόσταση διευθυντή κι υπαλλήλου. Άλλωστε κι εγώ εδώ είμαι προσωρινή μέχρι να συνέλθει ο Ρίτσαρντ».

«Αλήθεια τι συνέβη Έρικα;» την ρώτησε η Κάρεν.

Η Έρικα της εξιστόρησε τα πάντα με κάθε λεπτομέρεια. Την παρακάλεσε όμως να μην τα μεταφέρει στους υπόλοιπους μέχρι να βγουν τα τελικά πορίσματα.

Η Κάρεν άκουσε με τρόμο αυτά που της είπε η Έρικα κι ορκίστηκε ότι δεν θα έλεγε τίποτα. Μετά άρχισε να ενημερώνει την Έρικα για την κατάσταση της εταιρείας.

Εν τω μεταξύ ο Ρίτσαρντ δεν παρουσίαζε καμία βελτίωση. Συνέχιζε να είναι βυθισμένος στον λήθαργο και να ζει στο όνειρο του.

Το καράβι μετά από αρκετές μέρες στη θάλασσα άραξε επιτέλους στη Γένοβα. Ο νεαρός Πάολο κατέβηκε κι εξαφανίστηκε όσο πιο γρήγορα μπορούσε, αποφεύγοντας να συναντηθεί με παλιούς συναδέλφους του μην τυχόν και τον αναγνώριζαν.

Πήρε το δρόμο για τη Ρώμη. Ήθελε πολύ να δει τους γονείς του αλλά σκέφτηκε ότι ήταν καλύτερα να τους κρατήσει μακριά απ' αυτή την ιστορία. Ήταν σίγουρος άλλωστε ότι οι άνθρωποι του Τζακ τον παρακολουθούσαν και σίγουρα δεν αστειεύονταν. Μετά από μια εβδομάδα κατάφερε να φτάσει στη Ρώμη.

Έπρεπε ν' αρχίσει να συμπεριφέρεται σαν πλούσιος κι επιτυχημένος μεγαλέμπορος. Γι' αυτό έκλεισε δωμάτιο σ' ένα απ' τ' ακριβότερα ξενοδοχεία της πόλης, στη Βία Βένετο. Άλλωστε ο Τζακ τον είχε εφοδιάσει μ' ένα σεβαστό ποσό, το οποίο έπρεπε να χρησιμοποιήσει σωστά για να δημιουργήσει την ανάλογη αίγλη γύρω απ' τ' άτομό του.

Το ξενοδοχείο φάνταζε σωστό παλάτι στα μάτια του Πάολο. Το εσωτερικό του ήταν όλο επενδυμένο από πανάκριβο μάρμαρο και μια μεγαλοπρεπή σκάλα μ' επίχρυσα σκαλιστά κάγκελα οδηγούσε στους επάνω ορόφους.

Πήρε τα κλειδιά απ' τον υπάλληλο υποδοχής κι ακολούθησε τον νεαρό υπάλληλο που του μετέφερε τις βαλίτσες του. Όταν έφτασαν έξω απ' τα δωμάτια, ο νεαρός του άνοιξε την πόρτα και μπήκε μέσα. Κοίταξε γύρω. Τα μάτια του έλαμψαν.

«Καλή διαμονή κύριε», άκουσε τον νεαρό να του λέει.

«Ευχαριστώ», απάντησε ο Πάολο δίνοντάς του ένα γενναίο φιλοδώρημα.

Όταν ο Πάολο έμεινε μόνος, κοίταξε με θαυμασμό γύρω του. Δεν είχε ξαναδεί τόση πολυτέλεια. Δεν είχε φανταστεί καν ότι θα μπορούσε να υπάρχει τέτοιος χώρος. Το δωμάτιό του χωριζόταν σε δύο μέρη. Στο μέρος που βρισκόταν υπήρχε μια κομψή τραπεζαρία, με μια τεράστια σκαλιστή φρουτιέρα πάνω στο τραπέζι γεμάτη με κάθε λογής φρούτα κι ένα αρκετά μεγάλο, άνετο σαλόνι. Πιο πέρα υπήρχε ένα μικρό γραφείο εφοδιασμένο μ' όλα τ' αναγκαία σύνεργα γραφικής ύλης. Πάνω στο γραφείο υπήρχε μια ξύλινη θήκη, επενδυμένη μ' ελεφαντόδοντο αριστοτεχνικά σκαλισμένο, μέσα στην οποία υπήρχαν πούρα απ' τις γνωστότερες φίρμες που κυκλοφορούσαν στην αγορά. Λίγο πιο πέρα, ένα μικρό στρογγυλό μπαράκι φιλοξενούσε διαλεχτές μάρκες από ουίσκι και λικέρ.

Οι τοίχοι ήταν σε χρώμα ροδακινί και στο μπεζ ταβάνι υπήρχαν ανάγλυφα λουλούδια. Τους τοίχους στόλιζαν τεράστιοι πίνακες μ' αναγεννησιακά θέματα. Τα έπιπλα ήταν σε στυλ Λουδοβίκου XIV σ' άσπρο με χρυσαφί χρώμα ενώ οι ταπετσαρίες τους ήταν ριγέ ροδακινί με χρυσό και πλούσια χαλιά ήταν στρωμένα στο πάτωμα. Ο Πάολο απολάμβανε ιδιαίτερα αυτή την αίσθηση που ένιωθε, όταν περπατώντας τα πόδια του βούλιαζαν σ' αυτά.

Προχώρησε στο υπνοδωμάτιο. Ένα σφύριγμα θαυμασμού του ξέφυγε. Ένα τεράστιο κρεβάτι, στο ίδιο στυλ με τα υπόλοιπα έπιπλα, με δυο κομψά κομοδίνα και μια τουαλέτα-σεκρετέρ αποτελούσαν την εντυπωσιακή επίπλωση. Το σκέπασμα κι οι βαριές κουρτίνες ήταν σ' απόχρωση χρυσού. Μια πόρτα οδηγούσε στο μπάνιο, το οποίο ήταν όλο επενδυμένο από γκριζόασπρο μάρμαρο ενώ ένα υπέροχο φρέσκο, το οποίο απεικόνιζε τον καταγάλανο ουρανό, στόλιζε το ταβάνι.

Αφού εξερεύνησε όλο το δωμάτιο, κατευθύνθηκε προς το γραφείο, άνοιξε το κουτί με τα πούρα και διάλεξε ένα απ' αυτά. Μετά πήρε ένα ποτήρι απ' το μπαρ και το γέμισε με ουίσκι. Κάθισε σε μία απ' τις δύο πολυθρόνες έτσι ώστε να έχει θέα προς ολόκληρο το δωμάτιο και με μια παράξενη λάμψη στα μάτια βυθίστηκε στις σκέψεις του.

«Αυτό είναι τ' όνειρό μου», σκέφτηκε κοιτάζοντας γύρω, «κι έτσι θέλω να ζω. Θα κάνω τ' αδύνατα δυνατά να τα καταφέρω. Λοιπόν, πρέπει ν' αρχίσω να συχνάζω στα πιο γνωστά μέρη, να κάνω γνωριμίες, να φροντίσω να γίνω γνωστός και μετά τα υπόλοιπα θα είναι παιγνίδι για μένα».

Κοίταξε το ρολόι. Η ώρα του φαγητού πλησίαζε. Τελείωσε αργά το ουίσκι του και σηκώθηκε. Άνοιξε τις βαλίτσες και τοποθέτησε τα ρούχα του στη ντουλάπα. Μετά γδύθηκε κι αφού έκανε ένα ζεστό μπάνιο, ετοιμάστηκε για να κατεβεί στη τραπεζαρία.

«Αγαπητέ μου, το παιγνίδι αρχίζει...» σκέφτηκε. «Καλή σου τύχη».

Πήρε μια βαθιά ανάσα, άνοιξε την πόρτα και βγήκε στο διάδρομο. Την ίδια στιγμή, ένας ηλικιωμένος κύριος, ο οποίος συνόδευε μια πολύ γοητευτική νεαρή δεσποινίδα, έβγαινε απ' το διπλανό δωμάτιο. Οι ματιές τους διασταυρώθηκαν κι οι δυο άντρες χαιρετήθηκαν ευγενικά.

Προχώρησε γοργά προς τις σκάλες και κατευθύνθηκε προς την τραπεζαρία. Στάθηκε στην είσοδο. Όλη η χλιδή κι η πολυτέλεια απλώθηκε μπροστά στα μάτια του. Ο υπεύθυνος του εστιατορίου προχώρησε προς το μέρος του κι αφού υποκλίθηκε ελαφρά, του έδειξε προς τη κατεύθυνση που έπρεπε να προχωρήσει. Ο Πάολο τον ακολούθησε. Το τραπέζι που του υπέδειξε βρισκόταν στην άκρη της αίθουσας. Ο Πάολο κάθισε κι ο υπεύθυνος του εστιατορίου απομακρύνθηκε μ' ελαφριά υπόκλιση.

Πάνω στο τραπέζι υπήρχαν υπέροχα σερβίτσια πιάτων με τον περίγυρο τους καλλιτεχνικά επιχρυσωμένο, μια κομψή κατασκευή από ροζ τριαντάφυλλα έδινε τον δικό της τόνο και μέσα σε μια ασημένια σκαλιστή θήκη ήταν τοποθετημένο το μενού της βραδιάς.

Ο Πάολο το μελέτησε προσεχτικά. Ήταν όλο μια πανδαισία από οστρακοειδή απ' το πρώτο μέχρι το τελευταίο πιάτο. Στο τέλος προσφερόταν μια ποικιλία από μπουκιές διαφόρων γλυκών, που είχαν την προέλευση τους από διάφορες περιοχές της Ιταλίας. Ένα γκαρσόνι στεκόταν δίπλα του περιμένοντας οδηγίες. Ο Πάολο κοίταζε τώρα το μενού των ποτών. Διάλεξε το πιο ακριβό άσπρο κρασί.

Το γκαρσόνι έφυγε για να εκτελέσει την παραγγελία του κι αυτός κάθισε αναπαυτικά στη καρέκλα του ανάβοντας το πούρο του. Η ματιά του όργωσε κυριολεκτικά την αίθουσα. Όλα σχεδόν τα τραπέζια είχαν γεμίσει από κομψές κυρίες με βραδινά ενδύματα που συνοδεύονταν απ' τους συζύγους τους, οι οποίοι ήταν ντυμένοι εξίσου προσεγμένα. Απολάμβαναν το δείπνο τους συζητώντας ευχάριστα και διασκεδάζοντας με τις διηγήσεις που έκαναν οι περισσότερο ομιλητικοί της παρέας. Πρόσεξε με δυσφορία ότι ήταν το μοναδικό άτομο που βρισκόταν μόνο σε εκείνη την αίθουσα. Στο διπλανό τραπέζι αντιλήφθηκε ότι είχε καθίσει ο κύριος κι η δεσποινίδα που είχε συναντήσει προηγουμένως.

Το γκαρσόνι τον πλησίασε κι αφού άνοιξε το μπουκάλι με το κρασί που είχε παραγγείλει, του γέμισε ελαφρά το ποτήρι για να το δοκιμάσει. Ό Πάολο το βρήκε πολύ καλό. Το σερβίρισμα του φαγητού άρχισε σχεδόν αμέσως κι ο Πάολο απολάμβανε την κάθε του μπουκιά με ηδονή. Δεν είχε φάει ποτέ προηγουμένως τέτοιο εύγευστο φαγητό.

Καθ' όλη τη διάρκεια του φαγητού είχε αντιληφθεί ότι ο κύριος στο διπλανό τραπέζι τον παρακολουθούσε διακριτικά. Όταν είχε πια τελειώσει το δείπνο του, το γκαρσόνι τον πλησίασε και σκύβοντας ελαφρά προς το μέρος του, του είπε χαμηλόφωνα, κλίνοντας ελαφρά το κεφάλι του προς το διπλανό τραπέζι:

«Ο Κόντε Μπαρέζε σας προσκαλεί για ποτό στο τραπέζι του εάν κι εσείς το επιθυμείτε».

Ο Πάολο κοίταξε μ' ένα ύφος πραγματικού τζέντλεμαν τον Κόντε κι είπε στο γκαρσόνι:«Πολύ ευχαρίστως!» Το γκαρσόνι τον συνόδευσε στο διπλανό τραπέζι.

«Πάολο Βαλέντι», είπε τείνοντας το χέρι του, «σας ευχαριστώ για την ευγενική σας πρόσκληση».

«Κύριε Βαλέντι, ονομάζομαι Κόντε Φραντζέσκο Μπαρέζε κι από δω είναι η θυγατέρα μου Κοντέσα Αριάννα. Τιμή μας να σας έχουμε κοντά μας».

«Η τιμή είναι όλη δική μου», είπε ο Πάολο.

Ο Κόντε Μπαρέζε παράγγειλε στο γκαρσόνι ένα ακριβό λικέρ και χαμογελώντας απευθύνθηκε προς τον Πάολο.

«Λοιπόν αγαπητέ μου, από πού κατάγεσαι;» τον ρώτησε.

«Η καταγωγή μου είναι απ' την Γένοβα αλλά οι γονείς μου μετανάστευσαν στην Νότιο Αφρική όταν ήταν πολύ νέοι. Εκεί ο πατέρας μου κατάφερε να κάνει την τύχη του αφού ασχολήθηκε για χρόνια με το εμπόριο. Αυτή τη στιγμή διαθέτει τεράστιες επιχειρήσεις και θεωρείται απ' τους μεγαλύτερους εμπόρους της περιοχής. Εγώ γεννήθηκα στην Αφρική κι άρχισα τώρα, αφού αποπεράτωσα τις σπουδές μου στα οικονομικά, ν' αναλαμβάνω την οικογενειακή επιχείρηση. Ο λόγος που βρίσκομαι εδώ είναι για να βολιδοσκοπήσω κατά πόσο υπάρχει έδαφος για επέκταση της εταιρείας μας στην Ιταλία».

Ο Πάολο ήταν πολύ ευχαριστημένος με τον εαυτό του. Κόντεψε να πιστέψει κι ο ίδιος αυτά που έλεγε. Οπωσδήποτε πάντως ο Κόντε Μπαρέζε τα πίστεψε και φάνηκε αρκετά ικανοποιημένος.

«Πολύ ωραία», του είπε, «και τι εμπορεύεστε;»

«Κυρίως πολύτιμους λίθους κύριε», είπε ο Πάολο.

Ο Κόντε Μπαρέζε ψήλωσε τα φρύδια του με θαυμασμό. «Πολύ ενδιαφέρον!» είπε.

Η Αριάννα τον παρακολουθούσε χαμογελαστή. Δεν είχε πει λέξη μέχρι εκείνη τη στιγμή. Ο Πάολο την έβρισκε πολύ ελκυστική, αλλά φρόντισε να μην το δείξει.

«Εσείς με τι ασχολείστε;» ρώτησε ο Πάολο.

«Εγώ είμαι αρχιτέκτονας και διαθέτω μια πολύ μεγάλη εργοληπτική εταιρεία. Ο λόγος που βρίσκομαι στη Ρώμη είναι γιατί έχω αναλάβει ένα πολύ μεγάλο έργο, του οποίου ήρθα να επιβλέψω την πορεία».

«Πολύ ωραία» , είπε ο Πάολο. «Φαίνεται ότι είναι πολύ ενδιαφέρουσα η δουλειά σας».

«Ναι! Βεβαίως! Εκτός της δημιουργικής ικανοποίησης που προσφέρει σε φέρνει σ' επαφή με πολύ κόσμο και δημιουργείς ένα τεράστιο κύκλο», του απάντησε ο Κόντε Μπαρέζε.

«Πολύ χρήσιμο αυτό!» σκέφτηκε ο Πάολο και πριν καλά-καλά τελειώσει τη σκέψη του, άκουσε τον Κόντε Μπαρέζε προς μεγάλη του χαρά, να του λέει: «Επειδή σας έχω συμπαθήσει κύριε Βαλέντι, νομίζω είμαι σε θέση να σας βοηθήσω. Θα το θέλατε;»

«Βεβαίως», απάντησε ο Πάολο με χαμόγελο. «Δεν ξέρω όμως πώς θα μπορούσα να σας το ξεπληρώσω».

«Δεν χρειάζεται αγαπητέ μου. Το κάνω με μεγάλη μου ευχαρίστηση».

Είχαν τελειώσει το ποτό τους. «Νομίζω είναι ώρα ν' αποσυρθούμε στο δωμάτιό μας. Τι λες κι εσύ καλή μου;» είπε ο Κόντε.

«Ναι πατέρα», απάντησε η Αριάννα, «αύριο σε περιμένει μια κουραστική μέρα». Η φωνή της είχε μια γλυκιά βραχνάδα. Του άρεσε πολύ αυτή η γυναίκα του Πάολο.

«Συγκεντρώσου», είπε στον εαυτό του, «Θυμήσου τον σκοπό σου. Παίζεις τη ζωή σου κορόνα γράμματα και δεν είναι ώρα για έρωτες». Σηκώθηκε σοβαρός και τους αποχαιρέτησε ευχαριστώντας τους για την όμορφη βραδιά.

«Θα επικοινωνήσω μαζί σας αύριο», του είπε ο Κόντε Μπαρέζε χαιρετώντας τον.

«Θα σας περιμένω», είπε ο Πάολο και τους παρακολούθησε καθώς απομακρύνονταν.

«Αγαπητέ μου», είπε στον εαυτό του, «ίσως η τύχη να σου χαμογέλασε απ' τη πρώτη κιόλας βραδιά».

Σηκώθηκε και προχώρησε προς την έξοδο του ξενοδοχείου. Η νύχτα ήταν πραγματικά πολύ όμορφη. Είχε τη διάθεση να περπατήσει στα ρομαντικά στενά δρομάκια της Ρώμης. Ένιωθε μια ευφορία. Του άρεσε πολύ αυτή η αριστοκρατικότητα που έβγαζε αυτή η πόλη και θαύμαζε την αρχιτεκτονική των πανέμορφων κτιρίων.

Τα δρομάκια τον οδήγησαν στην Πιάτσα Ντι Σπάνια, μια πλατεία μικρή αλλά μεγαλόπρεπη, με τα υπέροχα σκαλιά της να ξεδιπλώνονται αριστοτεχνικά δίνοντάς της μια διαφορετική αίγλη. Όμορφα λουλούδια στόλιζαν τις τεράστιες πέτρινες σκαλιστές ανθοδόχες που βρίσκονταν στα πλατύσκαλα. Μερικοί τροβαδούροι έπαιζαν νωχελικά τις κιθάρες τους, σκορπίζοντας στον αέρα τις γλυκές τους μελωδίες. Το χλιμίντρισμα των αλόγων που έσυραν τις άμαξες μαζί με τον ρυθμικό θόρυβο που έκαναν οι οπλές τους, καθώς χτυπούσαν στο πέτρινο ψηφιδωτό που σκέπαζε την πλατεία, έδινε τη δική του νότα στην όμορφη εικόνα. Κάποια ζευγάρια έκαναν τον περίπατό τους εκεί απολαμβάνοντας την γλυκιά ατμόσφαιρα που επικρατούσε, ενώ λίγο πιο κάτω, κάποιοι κύριοι με πολύ αριστοκρατική εμφάνιση μπαινόβγαιναν στο καφέ Γκρέκο.

Ο Πάολο κάθισε σ' ένα σκαλί κι άφησε τις αισθήσεις του ν' απολαύσουν την ζωή που ξετυλιγόταν μπροστά του. «Είναι πολύ όμορφη η ζωή όταν δεν έχεις έγνοιες... Ίσως μια μέρα...» σκέφτηκε και σηκώθηκε. Πήρε τον δρόμο της επιστροφής. Ένιωθε ότι η επόμενη μέρα θα ήταν πολύ σημαντική κι έπρεπε να ξεκουραστεί.

Ο ήλιος ξεπρόβαλε αργά χαϊδεύοντας με τις αχτίνες του την κοιμισμένη πόλη. Λίγοι άνθρωποι δέχονταν καθημερινά το πρωινό του χαιρέτισμα. Άνθρωποι που ξυπνούσαν από πολύ νωρίς για να κερδίσουν το μεροκάματο της ημέρας, για να ετοιμάσουν όλα όσα οι πιο τυχεροί θα έβλεπαν έτοιμα στο πιάτο τους το μεσημέρι ή θ' απολάμβαναν κατά την διάρκεια της ημέρας, μη μπορώντας να υπολογίσουν τον μόχθο που χρειάστηκε για να φτάσουν μέχρι εκεί.

Ο Πάολο είχε ήδη ξυπνήσει κι αναλογιζόταν τις κινήσεις που έπρεπε να κάνει. Είχε αποφασίσει ότι έπρεπε να περάσει απ' όλους τους πιθανούς χώρους που θα μπορούσε να γίνει αντιληπτός. Θα το έκανε αυτό καθημερινά μέχρι να καταφέρει να διεισδύσει στους κύκλους που επιδίωκε.

Κοίταξε απ' το παράθυρο του δωματίου του. «Σίγουρα είναι ένα πολύ όμορφο ηλιόλουστο πρωινό», σκέφτηκε. «Ιδανικό για να φτιάξει τη διάθεση κάθε ανθρώπου». Πρόσεξε στο δρόμο αυτούς τους ανθρώπους που δούλευαν απ' το πρωί καθαρίζοντας τους δρόμους, μεταφέροντας εμπορεύματα, πουλώντας εφημερίδες... «Μεροκαματιάρηδες, δυστυχισμένοι άνθρωποι», σκέφτηκε. «Όχι, δεν θέλω να καταλήξω σαν αυτούς. Προτιμώ να πεθάνω. Πρέπει οπωσδήποτε να τα καταφέρω».

Πείσμωσε... Κάθε μέρα που περνούσε αυτό το πείσμα κι η δίψα που ένιωθε για την επιτυχία και τα πλούτη τον έκανε πιο σκληρό, πιο άκαρδο. Ήταν αποφασισμένος να πατήσει επί πτωμάτων για να τα καταφέρει. «Κι όταν τα καταφέρω...» σκέφτηκε κι ένα χαμόγελο εκδίκησης πλανήθηκε στο πρόσωπό του. «Τότε εκεί είναι που θα πιω αργά κι ηδονικά το ποτήρι της εκδίκησης».

Άρχισε να ετοιμάζεται. Όταν τελείωσε, στάθηκε μπροστά στον καθρέφτη κι αυτό που είδε τον ικανοποίησε απόλυτα. Έβλεπε έναν ελκυστικό νέο άντρα, μ' αριστοκρατικό παρουσιαστικό, κομψά ντυμένο, που σίγουρα κέρδιζε τις εντυπώσεις. «Αυτά μαζί με την ευγλωττία, την πειθώ, την οξυδέρκεια και τη διορατικότητά μου, σίγουρα θα είναι τα φονικά όπλα για την επιτυχία μου», σκέφτηκε μ' ένα χαμόγελο ικανοποίησης.

Προχώρησε προς την πόρτα κι αφού κοιτάχτηκε για τελευταία φορά στον καθρέφτη, την άνοιξε και βγήκε. Πήρε το πρωινό του χωρίς να βιάζεται. Είχε σχεδιάσει μ' ακρίβεια όλες του τις κινήσεις. Θα έπαιρνε όλες τις πληροφορίες που χρειαζόταν απ' τον υπάλληλο υποδοχής του ξενοδοχείου και θα ξεκινούσε. Πρώτα θα πήγαινε στον καλύτερο κουρέα της Ρώμης, μετά στον καλύτερο ράφτη και μετά στο καφέ Γκρέκο.

«Είναι οι καλύτεροι χώροι αναμετάδοσης πληροφοριών», σκέφτηκε. «Θα τους έλεγε το ίδιο παραμύθι όσον αφορούσε τ' άτομό του, θα συζητούσε κάποια εξεζητημένα θέματα, τα οποία θα τραβούσαν την προσοχή των παρόντων κι έτσι θ' άρχιζε την προβολή του εαυτού του».

Αφού τελείωσε το πρωινό του και πήρε τις πληροφορίες που τον ενδιέφεραν, κατευθύνθηκε προς την έξοδο του ξενοδοχείου. Πήρε μια άμαξα και ξεκίνησε για τον πρώτο του σταθμό.

Το κουρείο ήταν γεμάτο κι ο κουρέας τον αντιμετώπισε με δυσπιστία και ψυχρότητα. Παρόλα αυτά τον δέχτηκε σκεπτόμενος ότι αυτός ο νέος πελάτης φαινόταν καλοβαλμένος, πράγμα που ταίριαζε με την πελατεία του. Μιλούσε μ' όλους τους πελάτες του καθώς εξυπηρετούσε ένα μεσήλικα κύριο, του οποίου φρόντιζε επιμελώς ένα κομψό μούσι.

Η ατμόσφαιρα που είχε δημιουργηθεί ήταν ευχάριστη κι οι συζητήσεις ενδιαφέρουσες. Ο Πάολο βρήκε την ευκαιρία να λάβει μέρος σ' αυτές. Ο κουρέας παρακολουθούσε μ' ενδιαφέρον τα λεγόμενά του και προσπάθησε διακριτικά να μάθει το ποιόν του νέου του πελάτη. Ο Πάολο ευχαριστημένος με την τροπή που έπαιρνε η συζήτηση, αφού τον βόλευε αφάνταστα, διηγήθηκε το ίδιο παραμύθι για την οικογένειά του, όπως το προηγούμενο βράδυ. Σίγουρα είχε κερδίσει τις εντυπώσεις και κάποιοι απ' αυτούς τους κυρίους έδειξαν επαγγελματικό ενδιαφέρον, αφήνοντάς του φεύγοντας όλα τους τα στοιχεία για επικείμενη συνεργασία. Έφυγε από εκεί φανερά ικανοποιημένος. «Σίγουρα οι πρώτες του κινήσεις ήταν αρκετά θετικές», σκέφτηκε.

Ο δεύτερός του σταθμός ήταν ένας απ' τους γνωστότερους ράφτες της πόλης. Εκεί το ακροατήριο ήταν πολύ λιγότερο, αλλά σίγουρα όλοι θαύμασαν αυτόν τον πνευματώδη, ελκυστικό και κομψό νεαρό. «Τώρα πάμε στα πιο δύσκολα», σκέφτηκε ενώ έμπαινε στο καφέ *Γκρέκο*.

Πραγματικά, εκεί η κατάσταση ήταν εμφανέστερα δυσκολότερη. Υπήρχαν δυο-τρία πηγαδάκια από πολύ σοβαρούς κυρίους οι οποίοι συζητούσαν για πολιτική, οικονομία και διάφορα άλλα υψηλού επιπέδου θέματα που απαιτούσαν εξειδικευμένες γνώσεις και συνεχή πληροφόρηση. Ο Πάολο κάθισε μόνος σ' ένα τραπεζάκι όσο μπορούσε πιο κοντά τους και παράγγειλε ένα απεριτίφ. Η συζήτηση μεταξύ των τεσσάρων ανδρών που βρίσκονταν κοντά του είχε ανάψει. Συζητούσαν για την πορεία της οικονομίας στην Ιταλία, για την σημασία που είχε το εμπόριο κι η βιομηχανία και για τους κακούς χειρισμούς που έκανε η κυβέρνησή τους. Ο Πάολο τους παρακολουθούσε. Έβλεπε μόνο τους τρεις άνδρες, των οποίων οι ηλικίες τους κυμαίνονταν από πενήντα μέχρι εβδομήντα χρονών. Ήταν όλοι πραγματικοί τζέντλεμεν. Ο τέταρτος άντρας γύρισε ξαφνικά προς το μέρος του Πάολο κι ένα χαμόγελο φώτισε το πρόσωπό του.

«Ω!» αναφώνησε. «Ο νεαρός μου φίλος! Έλα κι εσύ στην παρέα μας αγαπητέ μου». Ήταν ο Κόντε Μπαρέζε! «Να που η τύχη τον έφερε μπροστά μου», σκέφτηκε ο Πάολο, ενώ καθόταν στο τραπέζι τους παίρνοντας μέρος στη παρέα τους. Ο Κόντε Μπαρέζε έκανε τις συστάσεις. «Κύριοι», τους είπε, «ο κύριος Πάολο Βαλέντι είναι Ιταλός, κάτοικος Νοτίου Αφρικής και μεγαλέμπορας. Οι κύριοι Αντρέα Τσελεστίνο, Τζιόρτζιο Σάκκι και Μάσσιμο Μπέλλι. Ασχολούνται με τη βιομηχανία και το εμπόριο».

Η συζήτηση πήρε μια πιο λεπτομερή τροπή, όταν ο καθένας άρχισε ν' αναλύει τις εργασίες με τις οποίες ασχολείτο. Συζητούσαν για αρκετή ώρα και σίγουρα ο Πάολο κέρδισε κι εδώ τις εντυπώσεις. Τον κάλεσαν να τον ξεναγήσουν για τις επόμενες μέρες. Επίσης, ένας απ' αυτούς, ο Μάσσιμο Μπέλλι, τον προσκάλεσε για το επόμενο βράδυ σε δείπνο που θα παρέθετε σπίτι του σ' όλη την αριστοκρατία της Ρώμης. Αυτό έμελλε να είναι το εισιτήριο του Πάολο για την είσοδό του στους κύκλους που επιθυμούσε και για την ιλιγγιώδη τροπή που θα έπαιρναν τα πράγματα στη ζωή του.

Έφυγαν απ' το καφέ μαζί με τον Κόντε Μπαρέζε και κατευθύνθηκαν προς το ξενοδοχείο. Ήταν ακόμα απόγευμα. Οι δυο άνδρες αποχαιρετίστηκαν μπροστά απ' τα δωμάτιά τους και ταυτόχρονα ο Κόντε Μπαρέζε τον κάλεσε να δειπνήσουν μαζί. Ο Πάολο αποδέχτηκε την πρόταση ευχαριστώντας τον.

Παρήγγειλε κάτι ελαφρύ να του φέρουν στο δωμάτιο για φαγητό και μετά ξάπλωσε στο κρεβάτι μ' ένα αίσθημα ευφορίας για να ξεκουραστεί. Όταν ξύπνησε, ήταν ώρα για το δείπνο γι' αυτό βιάστηκε να ετοιμαστεί. Κατέβηκε βιαστικά τις σκάλες και μπήκε στο πολυτελές εστιατόριο του ξενοδοχείου. Ο Κόντε Μπαρέζε κι η Αριάννα ήταν ήδη εκεί και τον περίμεναν.

«Καλησπέρα κι απολογούμαι για την καθυστέρηση», τους είπε.

«Μην ανησυχείς κι εμείς μόλις ήρθαμε», του είπε ο Κόντε Μπαρέζε.

Η βραδιά πέρασε πολύ όμορφα. Ο Κόντε Μπαρέζε ήταν ένας πολύ πνευματώδης άνθρωπος και σίγουρα η Αριάννα είχε πολλές ομοιότητες με τον πατέρα της. Ο Πάολο προσπαθούσε να κρατήσει τον εαυτό του μακριά από συναισθηματισμούς προς την όμορφη κι έξυπνη Κοντέσα.

Η νύχτα πέρασε γρήγορα κι ο Πάολο βρισκόταν τώρα στο δωμάτιό του, καθισμένος στο σαλόνι μ' ένα ποτήρι ουίσκι στο χέρι. Αναλογιζόταν όλα όσα είχαν συμβεί αυτές τις πρώτες μέρες του στη Ρώμη. Πραγματικά, δεν είχε ούτε καν ονειρευτεί ότι τα πράγματα θα του έρχονταν τόσο βολικά. Ήταν σα ν' άνοιγαν όλες οι πόρτες στο πέρασμά του. «Ίσως είναι γραφτό μου τελικά να πετύχω», σκέφτηκε. «Αλλιώς δεν εξηγούνται όλες αυτές οι συμπτώσεις». Τελείωσε το ποτό του και πήγε να ξαπλώσει. Έπρεπε να είναι ξεκούραστος και σε φόρμα για το αυριανό πάρτι. «Αύριο είναι μια πολύ μεγάλη μέρα για μένα», σκέφτηκε. «Ίσως είναι η μεγάλη μου είσοδος στην υψηλή κοινωνία. Πρέπει να είμαι πανέτοιμος». Έκλεισε τα μάτια του κι άφησε την φαντασία του να πετάξει στο μέλλον. Τον ηρεμούσε η ιδέα της επιτυχίας, τον έκανε να νιώθει πολύ όμορφα. Άλλωστε του είχε γίνει έμμονη ιδέα. Μ' αυτές τις σκέψεις βυθίστηκε σ' ένα γαλήνιο ύπνο.

Εν τω μεταξύ, για τον Ρίτσαρντ οι μέρες περνούσαν κι αυτός συνέχιζε να βρίσκεται βυθισμένος στο λήθαργό του. Οι οποιεσδήποτε έντονες αντιδράσεις, που προέρχονταν απ' την συναισθηματική φόρτωση που ένιωθε ο Πάολο, καταγράφονταν απ' το εγκεφαλογράφημα στο οποίο υποβαλλόταν απ' τους γιατρούς. Είχε ήδη περάσει ένας μήνας κι οι γιατροί το μόνο που μπορούσαν να κάνουν ήταν να παρακολουθούν και να βγάζουν πορίσματα. Ήταν πια σίγουροι ότι επρόκειτο για κλασσική περίπτωση μετεμψύχωσης, όπου το άτομο ξαναζούσε την προηγούμενη του ζωή δια μέσου μιας κατάστασης υπνώσεως. Φρόντιζαν μόνο να κρατούν τον Ρίτσαρντ σ' άριστη σωματική κατάσταση.

Ο Τζιανκάρλο απ' την άλλη, αφού ενημερωνόταν καθημερινά για την κατάσταση του Ρίτσαρντ, επικοινωνούσε αμέσως με την Έρικα για να της μεταβιβάσει όλες τις πληροφορίες.

Η Έρικα ήταν πραγματικά πνιγμένη στη δουλειά. Πήγαινε καθημερινά από νωρίς το πρωί μέχρι αργά το βράδυ για να μπορεί ν' αντεπεξέλθει στον φόρτο εργασίας. Είχε καταφέρει να κάνει συμφωνίες εκατομμυρίων με ξένες εταιρείες για την υλοποίηση τεράστιων έργων στο εξωτερικό κι η εταιρεία του Ρίτσαρντ άρχισε να φιγουράρει στις πρώτες σελίδες των εφημερίδων ως ο μεγαλύτερος κολοσσός της χώρας.

Η Κάρεν βρισκόταν πάντα κοντά της κι ήταν το δεξί της χέρι. Θαύμαζε την Έρικα για τον ζήλο, την εξυπνάδα και την δυναμικότητά της και λυπόταν αφάνταστα για την στάση που είχε κρατήσει ο Ρίτσαρντ απέναντι σ' αυτή τη γυναίκα, η οποία θα έδινε και τη ζωή της γι' αυτόν. Πολλές φορές, όταν έμεναν μαζί μέχρι αργά στη δουλειά και παράγγελναν κάτι πρόχειρο να φάνε, προσπαθούσε να τη συμβουλεύσει και να την βοηθήσει. Καταλάβαινε ότι υπέφερε πολύ απ' την όλη κατάσταση που είχε δημιουργηθεί.

Εκείνο το βράδυ όταν κάθισαν μαζί να φάνε, η Έρικα έδειχνε πολύ καταβεβλημένη και χλωμή. Η Κάρεν την παρατηρούσε να σκαλίζει το φαγητό της σκεφτική.

«Τι σου συμβαίνει κορίτσι μου;» τη ρώτησε. «Δεν μου φαίνεσαι καθόλου καλά. Έχεις αλλάξει πολύ τώρα τελευταία».

Η Έρικα της έριξε μια φευγαλέα ματιά. «Πρέπει να σου εξομολογηθώ κάτι Κάρεν», της είπε μουρμουρίζοντας.

«Πες μου κορίτσι μου, τι σε απασχολεί;»

Η Έρικα κόμπιασε. Τα μάτια της γέμισαν δάκρυα.

«Τον αγαπώ Κάρεν. Τον αγαπώ περισσότερο κι απ' την ίδια μου τη ζωή. Ο πατέρας μου μ' έδιωξε απ' το σπίτι μόλις έμαθε ότι δουλεύω γι' αυτόν κι απαγόρευσε και στη μητέρα μου να επικοινωνεί μαζί μου. Εδώ και λίγο καιρό μένω μοναχή μου σ' ένα μικρό διαμέρισμα σε μια άθλια γειτονιά. Με τα χρήματα που παίρνω στέλνω κρυφά στη μητέρα μου ένα ποσό για να μπορούν να συντηρούνται. Ξέρεις, ο λόγος που ο πατέρας μου μισεί τον Ρίτσαρντ είναι γιατί τον κατέστρεψε εντελώς οικονομικά -φυσικά ο Ρίτσαρντ δεν ξέρει ποια είμαι στη πραγματικότητα. Από τότε ο πατέρας μου δεν μπορεί να δουλέψει, γι' αυτό κι εγώ, χωρίς να το γνωρίζει, στέλνω αυτά τα χρήματα στη μητέρα μου. Ο ίδιος ποτέ δεν την ρώτησε πού τα βρίσκει γιατί πιστεύει ότι είναι χρήματα που η ίδια είχε εξοικονομήσει όλα αυτά τα χρόνια. Εγώ τα βγάζω πολύ δύσκολα πέρα γιατί, εκτός απ' αυτά τα χρήματα, μόλις που καταφέρνω με τον μισθό μου να πληρώνω το νοίκι, το φαγητό, τον γιατρό και να φυλάω κι ένα μικρό ποσό για τις δύσκολες ώρες».

Η Κάρεν πρόσεχε κατά λέξη αυτά που της έλεγε. «Είναι πολύ γλυκό αυτό που κάνεις για τους γονείς σου Έρικα, αλλά... το γιατρό γιατί τον έχεις στα σταθερά σου έξοδα; Μήπως είσαι άρρωστη παιδί μου;» τη ρώτησε ανήσυχη.

Τα δάκρυα έτρεχαν τώρα ποτάμι από τα όμορφα μάτια της Έρικα.

«Όχι Κάρεν, δεν είμαι άρρωστη», της είπε καταπίνοντας ένα κόμπο στο λαιμό της.

«Τότε τι;» ρώτησε μ' απορία η Κάρεν.

Η Έρικα την κοίταξε στα μάτια. «Είμαι έγκυος Κάρεν», της είπε. «Είμαι έγκυος το παιδί του...»

Η Κάρεν είχε παγώσει. Την κοίταζε αποσβολωμένη. Τώρα καταλάβαινε τις αλλαγές που είχε παρατηρήσει στην Έρικα. Φυσικά η ίδια τις είχε αποδώσει στο άγχος και την κακή διατροφή. Απ' την άλλη, η Έρικα φρόντιζε να κρύβει την κατάστασή της με το ντύσιμο που έκανε.

«Όμως Θεέ μου», σκέφτηκε, «τα πράγματα έχουν περιπλεχθεί πολύ».

«Μα πώς έγινε αυτό; Εσείς είσαστε σκύλος και γάτος...» ήταν η μόνη ερώτηση που κατάφερε ν' αρθρώσει.

«Ήμασταν κι οι δυο μεθυσμένοι Κάρεν. Δεν καταλαβαίναμε τι κάναμε. Ήταν σ' εκείνο το ταξίδι στην Καραϊβική. Από τότε ο Ρίτσαρντ μου συμπεριφέρεται εχθρικά. Και τώρα...»

« Το ξέρει ο Ρίτσαρντ ότι είσαι έγκυος;»

«Όχι φυσικά!»

«Τι εννοείς *όχι φυσικά;*»

«Δεν το ξέρει γιατί κι εγώ το έμαθα όταν γύρισα απ' την Ιταλία. Αλλά και να το ήξερα από πριν δεν θα του το έλεγα. Θα με σκότωνε. Θα νόμιζε ότι χρησιμοποίησα αυτόν τον τρόπο για να τον εκβιάσω. Δεν πρόκειται να του το πω ποτέ Κάρεν. Ούτε θα με ξαναδεί μπροστά του όταν συνέλθει. Δεν ξέρω κι εγώ γιατί επέστρεψα πίσω, εδώ, στην εταιρεία του και γιατί τα κάνω όλα αυτά».

Η Κάρεν σήκωσε τους ώμους και της απάντησε: «Απλά γιατί τον λατρεύεις Έρικα και ξέρεις ότι αυτή η εταιρεία είναι όλη του η ζωή. Όταν δει τι έχεις κάνει, που εγώ προσωπικά θεωρώ τρομερά αξιόλογο, σίγουρα θ' αναθεωρήσει τη στάση του απέναντί σου. Είναι καλό παιδί ο Ρίτσαρντ, Έρικα, όμως οι πληγές του παρελθόντος φαίνεται ότι χάραξαν βαθιά τη ψυχή του. Θα μπορούσαν να επουλωθούν όμως, γι' αυτό πιστεύω ότι είναι μεγάλο λάθος εκ μέρους σου να μην του πεις τίποτα για το παιδί».

Η Έρικα χαμήλωσε τα μάτια. «Δεν θα του πω Κάρεν...»

Η Κάρεν σηκώθηκε και την αγκάλιασε. «Ό,τι και να συμβεί, θέλω να ξέρεις ότι μπορείς να βασιστείς πάνω μου. Μην το ξεχάσεις ποτέ αυτό», της είπε και τη φίλησε. Πόσο τη χρειαζόταν αυτή την αγκαλιά η Έρικα! Ένιωσε μια ξαφνική ανακούφιση. «Πρέπει όμως να προσέξεις τον εαυτό σου Έρικα», της ξαναείπε η Κάρεν. «Όσο περνά ο καιρός, η εγκυμοσύνη σου θα σ' επηρεάζει τόσο σωματικά όσο και ψυχολογικά. Πρέπει να κοιτάξεις την υγεία σου και την υγεία αυτού του μικρούλη εδώ μέσα», της είπε με τρυφερότητα αγγίζοντάς την στη κοιλιά. «Έχεις μεγαλώσει πολύ την εταιρεία του Ρίτσαρντ και την έχεις φέρει σε πολύ ψηλά σκαλοπάτια. Δεν μπορούν όλα να περνούν απ' τα χέρια σου. Θα καταρρεύσεις. Άφησε σ' εμένα την οργάνωση. Θα κάνω ένα σχέδιο και θα το συζητήσουμε. Τι λες;»

«Λέω ότι έχεις δίκιο», της απάντησε η Έρικα ξαλαφρωμένη. «Ωραία, πάμε στα σπίτια μας τώρα και θα το συζητήσομε αύριο. Νομίζω χρειάζεσαι ξεκούραση».

Η Έρικα συμφώνησε. Το μόνο που επιθυμούσε ήταν να βρεθεί στο κρεβάτι της εκείνη τη στιγμή. Ένιωθε αδυναμία και κούραση. Όταν μπήκε στο διαμέρισμά της, άφησε έναν αναστεναγμό ανακούφισης. Πήγε κατευθείαν στο υπνοδωμάτιο, ξάπλωσε κι έφερε στο μυαλό της την εικόνα του Ρίτσαρντ. «Καληνύχτα αγάπη μου», σκέφτηκε κι έκλεισε τα μάτια. Ο ύπνος την πήρε αμέσως, λυτρώνοντάς την από κάθε σκέψη.

Η Κάρεν απ' την άλλη μεριά δεν είχε καθόλου ύπνο. Οι εκμυστηρεύσεις της Έρικα την είχαν ταράξει. «Τι κόλαση πρέπει να περνά αυτό το παιδί!», σκέφτηκε με συμπόνια. Δεν μπορούσε να καταλάβει γιατί ο Ρίτσαρντ της συμπεριφερόταν έτσι. «Εκτός κι αν...», σκέφτηκε, «Εκτός κι αν ο Ρίτσαρντ ξέρει ποια είναι και πιστεύει ότι προσπαθεί να τον εκδικηθεί, γι' αυτό της έχει κάνει τη ζωή κόλαση. Ναι! Αυτό θα είναι!» αναφώνησε δυνατά. «Όταν ο Ρίτσαρντ γίνει καλά κι επιστρέψει, τότε θα φροντίσω να διορθώσω εγώ τις καταστάσεις. Δεν πρόκειται να αφήσω αυτά τα παιδιά, που τα νιώθω σαν δικά μου, να βασανίζονται μ' αυτό τον τρόπο».

Ένιωθε χαρούμενη. Αυτή θα ήταν ο συνδετικός κρίκος που θα τους ένωνε, αυτή θα ήταν ο φύλακας άγγελός τους. Ήταν σίγουρη ότι όλα θα είχαν αίσιο τέλος. Ξάπλωσε και κοιμήθηκε μ' ένα χαμόγελο ευχαρίστησης στα χείλη.

Ο Πάολο βρισκόταν τώρα στ' αρχοντικό του Μάσσιμο Μπέλλι. Ένα διώροφο οικοδόμημα του 18^{ου} αιώνα, με υπέροχα ανάγλυφα να διακοσμούν τους εξωτερικούς τοίχους κι ακόμα περισσότερο, υπέροχες τοιχογραφίες να διακοσμούν τα ταβάνια των εσωτερικών χώρων. Μεγάλα σαλόνια, επιπλωμένα με βαριά έπιπλα σε σκούρες ταπετσαρίες κι ακριβό ξύλο έδιναν μια αίγλη μοναδική.

Η οικογένεια του οικοδεσπότη ήταν μία απ' τις πλουσιότερες παλιές οικογένειες της Ρώμης κι αυτό φαινόταν απ' το κάθε αντικείμενο που βρισκόταν στ' αρχοντικό. Ένας υπηρέτης τον καλωσόρισε και τον οδήγησε στο σαλόνι όπου βρισκόταν ο οικοδεσπότης, ο οποίος τον υποδέχτηκε θερμά και παίρνοντάς τον μαζί του, τον σύστησε με τα καλύτερα λόγια σ' όλους τους παρευρισκομένους στην αίθουσα. Ο Κόντε Μπαρέζε βρισκόταν εκεί και τον πλησίασε με την παρέα του.

Ο Πάολο κατάφερε και πάλι να κερδίσει τις εντυπώσεις, όπως κατάφερε να τραβήξει και τα βλέμματα όλων των νεαρών δεσποινίδων που βρίσκονταν εκεί. Οι προσκλήσεις για επερχόμενα επίσημα δείπνα και για συγκεντρώσεις αποκλειστικά σε αντρικές λέσχες σημαινόντων ατόμων άρχισαν να πέφτουν βροχή. Η φλόγα της επιτυχίας έκαιγε όλη νύχτα στα μάτια του. Ήθελε να ξεφωνίσει από χαρά αλλά συγκρατήθηκε. Μέχρι το τέλος της βραδιάς είχε κάνει αρκετούς φίλους και φίλες της ηλικίας του που τον είχαν καλέσει για ένα ξέφρενο, όπως του είπαν, σαββατοκύριακο σε μια έπαυλη, ιδιοκτησία κάποιου απ' αυτούς στην εξοχή, κοντά σε μια όμορφη λίμνη.

Εκείνη τη νύχτα ο Πάολο δεν μπορούσε να κλείσει μάτι. Πετούσε κυριολεκτικά στα σύννεφα. Ένιωθε ανάλαφρος, δυνατός, ξετρελαμένος. Μια φωνή μέσα του τού έλεγε πως έπρεπε να προσγειωθεί. Δεν έπρεπε ν' αφήσει τον εαυτό του να θαμπωθεί απ' όλ' αυτά πριν τα αποκτήσει, πριν ακόμα να μπορεί να πατά γερά και με τα δυο του πόδια στη γη. Παρόλα αυτά, ο Πάολο αποφάσισε να επιτρέψει στον εαυτό του για εκείνη τη νύχτα να μην προσγειωθεί. «Το άξιζε...», σκεφτόταν.

Οι μέρες περνούσαν κι ο Πάολο ξόδευε τις ώρες του απ' τη μια λέσχη στην άλλη, απ' το ένα εστιατόριο στ' άλλο κι απ' το ένα πάρτι στ' άλλο. Είχε γίνει περιζήτητος. Όλοι επιθυμούσαν την παρουσία του. Είχε κερδίσει την εμπιστοσύνη και τον σεβασμό των γηραιότερων και την αγάπη και τον θαυμασμό των νεότερων.

Τα Σαββατοκύριακα τα περνούσε σε ιδιωτικές επαύλεις, σε διάφορες τοποθεσίες της Ιταλίας διασκεδάζοντας με τους συνομήλικούς του. Το ημερήσιό τους πρόγραμμα περιλάμβανε πρωινό στην πισίνα, ηλιοθεραπεία και κολύμπι, περιπλάνηση στην κοντινή πόλη, βαρκάδες στη λίμνη και ξέφρενα πάρτι γύρω απ' την πισίνα.

Πολύ γρήγορα τ' όνομά του φιγούραρε στις κοσμικές στήλες των εφημερίδων της εποχής. Ό Πάολο ήταν ξετρελαμένος με την τροπή που είχε πάρει η ζωή του. Σκεφτόταν ότι είχε γεννηθεί για να ζήσει μονάχα μ' αυτό τον τρόπο. Όμως έπρεπε πρώτα ν' αποκτήσει χρήματα. Αισθανόταν έτοιμος γι' αυτό. Είχε κάνει άριστες γνωριμίες κι είχε ακόμα μάθει πώς λειτουργούσαν εργασίες που δεν τον αφορούσαν άμεσα. Ήθελε να γνωρίζει τα πάντα.

Περίμενε ειδοποίηση απ' τον Τζακ. Οι έξι μήνες είχαν σχεδόν περάσει και δεν είχε καμιά επαφή μαζί του. Του το είχε πει φυσικά απ' την αρχή, αλλά τώρα άρχισε ν' ανησυχεί μήπως κάτι είχε πάει στραβά. Όσο πλησίαζαν οι τελευταίες μέρες του εξαμήνου τόσο πιο νευρικός αισθανόταν.

Εκείνο το πρωινό είχε ξυπνήσει κακόκεφος και ζήτησε να του φέρουν το πρωινό στο δωμάτιο. Όταν χτύπησε η πόρτα, πήγε ν' ανοίξει. Τότε πρόσεξε ένα χαρτάκι κάτω απ' την πόρτα. Έσκυψε και το πήρε. Άνοιξε την πόρτα. Ήταν το παιδί του ξενοδοχείου που του έφερε το πρόγευμά του. Του έδωσε το φιλοδώρημά του κι αυτό έφυγε. Ο Πάολο ξεδίπλωσε μ' αγωνία το χαρτάκι που έγραφε:"Η ώρα 11 ραντεβού στη πλατεία του Αγίου Πέτρου". «Επιτέλους...!» μονολόγησε με χαρά ο Πάολο. Κοίταξε το ρολόι του. Η ώρα ήταν 9. Είχε χρόνο να πάρει με την ησυχία του το πρόγευμά του και να ετοιμαστεί.

Η ώρα 11 βρισκόταν στην πλατεία και περίμενε. Είχαν ήδη περάσει δέκα λεπτά απ' την ώρα του ραντεβού κι άρχισε να δυσανασχετεί. «Τι έγιναν οι μπράβοι του Τζακ; Εδώ με παρακολουθούν μήνες! Τώρα χάθηκαν;» Έβαλε στο στόμα ένα απ' τα πανάκριβα πούρα του. Ένας νεαρός βρέθηκε ξαφνικά μπροστά του προσφέροντάς του φωτιά.

«Το πλοίο έχει ήδη μπαρκάρει και φτάνει στο λιμάνι της Γένοβας σε μια βδομάδα. Φρόντισε να παραλάβεις και να διαθέσεις το εμπόρευμα στις τιμές που γράφει το χαρτάκι αυτό. Όταν πάρεις τα χρήματα, θα τα καταθέσεις σ' αυτό το λογαριασμό στην Ελβετία αφού αφαιρέσεις το μερίδιό σου που θα είναι το εικοσιπέντε τοις εκατό του ποσού. Πρόσεξε τις κινήσεις σου γιατί σε περίπτωση που θα προσπαθήσεις να μας ξεγελάσεις, είσαι νεκρός».

«Μη φοβάσαι φίλε μου», είπε ο Πάολο παίρνοντας το χαρτάκι. «Όλα θα κυλήσουν ομαλά».

Ο Αντριάνο Σέκκι ήταν ένας απ' τους μεγαλύτερους σχεδιαστές κοσμημάτων της Ιταλίας. Διέθετε μια αλυσίδα κοσμηματοπωλείων κι ένα μεγάλο φάσμα πελατών. Όλες οι κυρίες της υψηλής κοινωνίας κι όχι μόνο, έσπευδαν να προσθέσουν στη συλλογή τους τα εξεζητημένα κομμάτια της φίρμας του.

Ο Πάολο θα μπορούσε να τον χαρακτηρίσει παράξενο ή καλύτερα μυστήριο. Ήταν λιγομίλητος. Τα λίγα λόγια του ήταν πάντα σ' αυστηρό τόνο, όπως κι όλο του το παρουσιαστικό. Ήταν δύσκολο για τον Πάολο να φανταστεί ότι ο άνθρωπος αυτός ήταν καλλιτέχνης. Είχαν συναντηθεί σ' αρκετά κοινωνικά συμβάντα κι ο Αντριάνο Σέκκι έδειξε να τον ενδιαφέρει ο Πάολο κι ιδιαίτερα οι επιχειρήσεις του. Του είχε δώσει την κάρτα του λέγοντάς του ότι ευχαρίστως θα συνεργαζόταν μαζί του όταν θα ήταν έτοιμος. Ο Πάολο αφού τα ζύγισε όλα κι αφού κατέληξε ότι, μεταξύ όλων όσων είχε γνωρίσει, αυτός θα μπορούσε να είναι ο καλύτερος του πελάτης και μια εξαιρετικά καλή αρχή στις δουλειές του, αποφάσισε να επικοινωνήσει μαζί του. Σήκωσε το τηλέφωνο και σχημάτισε τον αριθμό του στο καντράν. Μια γυναικεία φωνή απάντησε.

«Παρακαλώ, εταιρεία Αντριάνο Σέκκι».

«Θα ήθελα να μιλήσω με τον ίδιο παρακαλώ», είπε ο Πάολο.

«Ένα λεπτό παρακαλώ, ποιος τον ζητά;»

«Ονομάζομαι Πάολο Βαλέντι».

«Ένα λεπτό κύριε», του είπε και πάλι.

Σε λίγο μια αυστηρή φωνή ακούστηκε από την άλλη μεριά. «Αγαπητέ, πώς είσαι;»

«Είμαι πολύ καλά κύριε Σέκκι. Σας έπαιρνα για δουλειά και διερωτώμαι αν θα είχατε τον χρόνο να γευματίσουμε μαζί».

«Βεβαίως αγαπητέ μου...»

«Λοιπόν, σε μια ώρα στο "Ριστοράντε ντέλλε Ντελίτσιε";» ρώτησε ο Πάολο.

«Σύμφωνοι...» απάντησε λακωνικά ο Σέκκι.

Ο Πάολο ετοιμάστηκε. Το εστιατόριο ήταν γνωστό για το υπέροχο φαγητό του. Ήταν επίσης ένας χώρος όπου κλείνονταν οι μεγαλύτερες εμπορικές συμφωνίες. Ντύθηκε όσο πιο κομψά και ταυτόχρονα αυστηρά μπορούσε και ξεκίνησε. Σταμάτησε την πρώτη άμαξα που βρέθηκε μπροστά του και πήδηξε μέσα. «Ριστοράντε ντέλλε Ντελίτσιε», είπε στον αμαξά.

Η άμαξα διέσχιζε τα στενά δρομάκια της Ρώμης κι ο Πάολο απολάμβανε τον ήχο που έκαναν τα πέταλα του αλόγου καθώς χτυπούσαν στον πέτρινο δρόμο. Έφτασαν έξω απ' το εστιατόριο. Ο Πάολο κατέβηκε, πήρε μια βαθιά ανάσα και μπήκε μέσα. Ο Αντριάνο Σέκκι βρισκόταν κιόλας εκεί. Σηκώθηκε καθώς ο Πάολο πλησίασε το τραπέζι όπου καθόταν.

«Καλωσορίσατε κύριε Βαλέντι, καθίστε».

«Ευχαριστώ», είπε ο Πάολο.

Το γκαρσόνι τους πλησίασε και παρήγγειλαν ένα απεριτίφ. Ο Πάολο έριξε μια γρήγορη ματιά γύρω. Το εστιατόριο ήταν πετρόχτιστο. Υπήρχαν γύρω στα είκοσι τραπέζια στρωμένα μ' άσπρα τραπεζομάντιλα και τοποθετημένα σε πέντε σειρές. Ο φωτισμός ήταν διακριτικός. Στο βάθος υπήρχε ένα μπαρ σε σκούρο ξύλο που σέρβιρε μια μεγάλη ποικιλία κρασιών. Ήταν ένα απλό εστιατόριο, μ' ένα διακριτικό άγγιγμα πολυτέλειας που του έδινε φινέτσα.

«Λοιπόν αγαπητέ μου, είσαι έτοιμος να αρχίσεις τις εργασίες σου στη Ρώμη;» τον ρώτησε ο Σέκκι.

«Ναι», απάντησε ο Πάολο. «Ο πατέρας μου, μου στέλνει μία μεγάλη παρτίδα από διαμάντια τα οποία θα διαθέσω στην αγορά. Ακόμα δεν έχω βρει τον επαγγελματικό μου χώρο αλλά προς το παρόν, λόγω του είδους του εμπορεύματος, δεν τον χρειάζομαι άμεσα. Ο λόγος που θέλησα να σας μιλήσω είναι για να σας ρωτήσω εάν ενδιαφέρεστε να συνεργαστούμε».

«Λοιπόν κύριε Βαλέντι, εγώ δουλεύω ως εξής: Δεν με ενδιαφέρει ούτε από πού έρχονται οι πρώτες ύλες που χρειάζομαι για τη δουλειά μου, ούτε απαιτώ ν' ακολουθηθούν οι νενομισμένες διαδικασίες. Εκείνο που με ενδιαφέρει είναι η ποιότητα του εμπορεύματος κι η τιμή. Εφόσον με ικανοποιούν αυτά τα δύο, τότε αγοράζω και δεν κάνω ερωτήσεις. Ελπίζω να έγινα κατανοητός».

Ο Πάολο ήταν αρκετά έξυπνος για να καταλάβει τι υπονοούσε ο κύριος Σέκκι.

«Μάλιστα κύριε», του απάντησε. «Θα έχετε το εμπόρευμα σε δυο εβδομάδες στο γραφείο σας».

Η συζήτησή του είχε τελειώσει. Αφού έφαγαν κι ήπιαν, έφυγαν απ' το εστιατόριο ακολουθώντας ο καθένας τον δρόμο του.

Οι μέρες περνούσαν. Ο Πάολο ξεκίνησε για τη Γένοβα. Ανυπομονούσε να παραλάβει το εμπόρευμα. Το μερίδιο που θα έπαιρνε ήταν αρκετό για να κάνει τα πρώτα του βήματα προς την επιτυχία.

Βρισκόταν μπροστά στο καράβι του Τζακ και παρακολουθούσε τους ναύτες που πηγαινοέρχονταν όταν άκουσε ξαφνικά τ' όνομά του. Ένα χέρι τον ακούμπησε στον ώμο. Ο Πάολο γύρισε. Ήταν ο καπετάνιος.

«Τι κάνεις Τζων;» τον ρώτησε ο Πάολο χαμογελώντας.

«Πολύ καλά φίλε μου. Ακολούθησέ με στο καράβι»,του είπε.

Ανέβηκαν πάνω και τράβηξαν κατευθείαν για το γραφείο του Τζων. Μόλις έκλεισαν την πόρτα κι ήταν πια μόνοι, ο καπετάνιος άνοιξε ένα μυστικό συρτάρι κάτω απ' το γραφείο του κι έβγαλε ένα κλειδί. Κατευθύνθηκε μετά προς την ελαιογραφία ενός καραβιού που είχε κρεμασμένη στον τοίχο, την μετακίνησε κι ένα χρηματοκιβώτιο φάνηκε κρυμμένο πίσω απ' αυτή. Έβαλε το κλειδί στην κλειδαρότρυπα κι αφού σχημάτισε τον συνδυασμό, το άνοιξε, πήρε από μέσα ένα δερμάτινο σακούλι και μετά προχώρησε προς το γραφείο του. Έχυσε πάνω στο γραφείο του το περιεχόμενο του σακουλιού και μια μεγάλη ποσότητα από πανέμορφα λαμπερά διαμάντια έλαμψαν στο φως της ημέρας. Οι δυο τους κοιτάχτηκαν.

«Τ' αφεντικό είπε ότι γνωρίζεις τι πρέπει να κάνεις. Παρ' τα και σε προειδοποιώ: την παραμικρή λάθος κίνηση θα την πληρώσεις με την ζωή σου».

«Μην ανησυχείς φίλε», είπε ο Πάολο.

Άνοιξε το βαλιτσάκι που κρατούσε. Ήταν γεμάτο με ρούχα. Μετακίνησε τον πάτο της βαλίτσας κι ένας αποθηκευτικός χώρος φάνηκε. Έκρυψε εκεί τα διαμάντια κι έβαλε ξανά πίσω τον ξύλινο πάτο.

«Πολύ ωραία!» είπε και σηκώθηκε.

«Γεια σου φίλε μου και χαιρετισμούς στ' αφεντικό», είπε στον καπετάνιο.

Ο Πάολο έφυγε. Πήρε το δρόμο του γυρισμού. Ακριβώς δυο εβδομάδες απ' τη μέρα που είχε συναντηθεί με τον Αντριάνο βρισκόταν και πάλι στη Ρώμη.

Έκανε ένα γρήγορο μπάνιο και κάθισε να ξεκουραστεί. Τον είχε κουράσει αυτό το ταξίδι. «Ίσως να ήταν κι η ψυχολογική πίεση που ένιωθε», σκέφτηκε.

«Λοιπόν, πρέπει να επικοινωνήσω με τον Αντριάνο», είπε στον εαυτό του. Τον πήρε τηλέφωνο. Αυτή τη φορά απάντησε ο ίδιος.

«Κύριε Αντριάνο, ο Πάολο Βαλέντι είμαι. Έχω στα χέρια μου το εμπόρευμα. Πότε θέλετε να συναντηθούμε;»

«Απόψε», του απάντησε αυτός, «η ώρα δέκα στο σπίτι μου».

«Πολύ καλά, θα τα πούμε», του είπε ο Πάολο κι έκλεισε.

Ο Πάολο καθόταν στη πολυθρόνα κι ονειρευόταν την εξέλιξη της βραδιάς όταν χτύπησε το τηλέφωνο. Το σήκωσε.

«Παρακαλώ», είπε.

«Καλωσόρισες!» ακούστηκε απ' την άλλη μεριά της γραμμής μια γλυκιά μπριόζικη φωνή.

«Φράνκα! Τι κάνεις γλυκιά μου;» της είπε ο Πάολο με χαρά.

Η Φράνκα ήταν μια πολύ γλυκιά κι ευχάριστη κοπέλα. Ήταν κόρη ενός απ' τους σημαντικότερους άντρες της Ιταλίας και σίγουρα διέθετε την εξυπνάδα και την δυναμικότητα του πατέρα της. Όλοι την συμπαθούσαν κι ήταν η ψυχή σ' όλα τα πάρτι. Εκεί την είχε γνωρίσει ο Πάολο κι είχαν γίνει πολύ καλοί φίλοι. Μιλούσαν με τις ώρες κι αυτό που άρεσε στον Πάολο ήταν η ευγλωττία και το ευρύ φάσμα γνώσεων που διέθετε. Είχε ένα τρομερό τρόπο να πετυχαίνει πάντα αυτό που ήθελε.

Η Φράνκα λοιπόν, ήταν η καλύτερη φίλη της Αριάννας, της κόρης του Κόντε Μπαρέζε, του ανθρώπου που τον βοήθησε να εισχωρήσει στην υψηλή κοινωνία της Ιταλίας. Η Αριάννα ήταν ο κίνδυνος για τον Πάολο. Γιατί; Γιατί απλά την είχε ερωτευτεί τρελά. Ήταν πολύ όμορφη και σαγηνευτική γυναίκα ενώ ταυτόχρονα ήταν απλή, γλυκιά, καλή και ντροπαλή. Ένας άγγελος! Τον τρέλαινε αυτή η εικόνα της κι ήταν κάτι το οποίο είχε νιώσει απ' την πρώτη φορά που την γνώρισε. Απ' την άλλη όμως, ήξερε ότι έπρεπε να συγκεντρωθεί στις σκοτεινές δουλειές του, να μην δημιουργήσει αρνητικές καταστάσεις μεταξύ του και του Κόντε Μπαρέζε και κυρίως, να μην κάνει λάθη που θα μπορούσαν να αποβούν μοιραία. Η Φράνκα όμως, έχοντας καταλάβει τον έρωτά του για την Αριάννα και γνωρίζοντας ότι κι η Αριάννα τον λάτρευε, είχε βαλθεί να τους τα φτιάξει. Της άρεσε πολύ η ιδέα ενός ειδυλλίου μεταξύ των δύο καλύτερων της φίλων.

«Μια χαρά είμαι εγώ χρυσέ μου», του είπε. «Λοιπόν, αυτό το Σάββατο θα διοργανώσω ένα μεγάλο πάρτι για τα γενέθλιά μου στο εξοχικό μου, κοντά στη λίμνη του Κόμο. Θα έρθεις;»

«Πώς να σου χαλάσω χατίρι; Θα με σκοτώσεις άλλωστε αν αρνηθώ!» της είπε γελώντας ο Πάολο. «Θα έρθω, να είσαι σίγουρη».

«Πολύ ωραία, θα τα πούμε τότε», του είπε η Φράνκα γελώντας. «Γεια σου τώρα γιατί βιάζομαι να πάω για ψώνια», του είπε κλείνοντας το τηλέφωνο τόσο βιαστικά που ο Πάολο δεν πρόλαβε ν' απαντήσει.

«Ένα γλυκό τρελοκόριτσο», είπε ο Πάολο μονολογώντας και χαμογελώντας τρυφερά.

Η καρδιά του χτυπούσε δυνατά καθώς πλησίαζε το σπίτι του Αντριάνο. «Πρέπει να ηρεμήσω», σκεφτόταν. «Πρέπει να είμαι απόλυτα συγκεντρωμένος.» Πήρε αρκετές βαθιές αναπνοές, στάθηκε μπροστά στο κατώφλι του σπιτιού και χτύπησε το κουδούνι. Βήματα ακούστηκαν να πλησιάζουν. Η οικονόμος άνοιξε την πόρτα.

«Περάστε κύριε», του είπε. «Ο κύριος Αντριάνο σας περιμένει».

Ο Πάολο την ακολούθησε. Διέσχισαν το τεράστιο σπίτι. Ήταν ένα σπίτι βουτηγμένο στην πολυτέλεια όμως αισθητά αυστηρό και ψυχρό. Ο Αντριάνο ήταν ένας μοναχικός εργένης κι αυτό σίγουρα αντανακλούσε παντού. Έφτασαν μπροστά σε μια κλειστή πόρτα. Η οικονόμος τη χτύπησε απαλά. Ένα "εμπρός" ακούστηκε από μέσα. Η οικονόμος έκανε νόημα στον Πάολο να την περιμένει. Άνοιξε την πόρτα και μπήκε μέσα.

«Κύριε, ο κύριος Πάολο Βαλέντι είναι εδώ».

«Να περάσει», της είπε.

Η οικονόμος κατευθύνθηκε προς την πόρτα.

«Περάστε κύριε Βαλέντι», του είπε κι αφού ο Πάολο μπήκε μέσα, αυτή έκλεισε την πόρτα κι έφυγε.

«Καλησπέρα σας», είπε ο Πάολο.

«Καλησπέρα αγαπητέ μου» , είπε ο Αντριάνο. «Καθίστε. Τι θα θέλατε να πιείτε;»

«Ένα λικέρ είναι ό,τι πρέπει νομίζω», είπε ο Πάολο.

Ο Αντριάνο κατευθύνθηκε προς ένα μικρό μπαράκι που ήταν τοποθετημένο σε μια γωνιά της αίθουσας κι αφού σέρβιρε τα ποτά, κάθισε με σοβαρό ύφος απέναντι απ' τον Πάολο. Ο Πάολο έκρινε πως είχε έρθει η ώρα.

«Λοιπόν κύριε Αντριάνο», είπε βγάζοντας απ' την τσέπη του ένα πορτοφόλι απ' αυτά που έμπαιναν τα κέρματα. «Έχω φέρει ένα δείγμα του εμπορεύματος για να το δείτε». Άνοιξε το πορτοφόλι κι έχυσε τα διαμάντια στην παλάμη του. «Θα θέλατε να τα εξετάσετε;» ρώτησε τον Αντριάνο.

Αυτός σηκώθηκε. «Ακολούθησέ με σε παρακαλώ», του είπε κι αφού τράβηξε ένα μοχλό που ήταν καλά καμουφλαρισμένος, ο τοίχος άρχισε να κινείται ανοίγοντας τον δρόμο προς ένα μυστικό πέρασμα. Ο Πάολο σάστισε. Ο Αντριάνο του έκανε νόημα να τον ακολουθήσει. Προχώρησαν μέσα από ένα στενό φωτισμένο διάδρομο μέχρι που έφτασαν σε μια βαριά πόρτα. Ο Αντριάνο την άνοιξε.

«Εδώ είναι το εργαστήρι μου», του είπε. «Εδώ περνώ τις περισσότερες ώρες της μέρας μου. Δώσε μου τα διαμάντια λοιπόν». Ο Πάολο του τα έδωσε. Ο Αντριάνο άρχισε να τα περιεργάζεται, να τα μελετά και να τα μετρά με τα ειδικά όργανα που διέθετε.

«Πολύ ωραία», έλεγε κάθε τόσο.

Αφού τα έλεγξε εξονυχιστικά για αρκετή ώρα, ρώτησε: «Και ποια είναι η τιμή που ζητάς για το εμπόρευμα;»

«Ένα εκατομμύριο στερλίνες κύριε».

«Θα μπορούσαμε ίσως να συζητήσομε λίγο την τιμή;»

«Δυστυχώς όχι κύριε. Έχω εντολές αυτή να είναι η χαμηλότερη επιτρεπόμενη τιμή διαπραγμάτευσης».

«Μάλιστα. Λοιπόν κύριε Βαλέντι, θα υπάρξει φαντάζομαι μεταξύ μας μία συμφωνία κυρίων, χωρίς αποδείξεις και τυπικές νομικές διαδικασίες. Έτσι;»

«Έτσι ακριβώς κύριε».

«Άρα λοιπόν πρέπει να μου πεις αν τα χρήματα τα θέλεις σε μετρητά ή σε λογαριασμό τράπεζας στην Ελβετία».

Ο Πάολο είχε ήδη μεριμνήσει ν' ανοίξει λογαριασμό σε τράπεζα της Ελβετίας. Δεν ήθελε να κινήσει υποψίες με μετρητά που θα κατέθετε απευθείας σε λογαριασμό σε ιταλική τράπεζα. Άλλωστε κι ο Τζακ του είχε στείλει τον λογαριασμό τράπεζας της εταιρείας του στην Ελβετία, όπου ο Πάολο θα κατέθετε τις επτακόσιες πενήντα χιλιάδες στερλίνες που ήταν το ποσό πώλησης των διαμαντιών μετά την αφαίρεση του μεριδίου του.

«Σε λογαριασμό τράπεζας στην Ελβετία κύριε Αντριάνο», είπε ο Πάολο.

«Πολύ καλά. Αύριο το πρωί θα περάσεις πάλι από εδώ. Θα φέρεις το εμπόρευμα κι εγώ θα δώσω εντολή για τη μεταφορά του ποσού του ενός εκατομμυρίου στο λογαριασμό σου. Μόλις είσαι σίγουρος ότι έγινε η μεταφορά, τότε θα μου παραδώσεις τα διαμάντια κι η συναλλαγή μας θα τελειώσει. Σε βολεύει αυτός ο διακανονισμός;»

«Ναι», είπε ο Πάολο.

«Πολύ καλά θα σε δω αύριο τότε».

Ο Αντριάνο μάζεψε τα διαμάντια και τα έδωσε στον Πάολο. Μετά τον συνόδευσε μέχρι την έξοδο κι ο Πάολο πήρε τον δρόμο προς το ξενοδοχείο. Ήταν πολύ ευδιάθετος. Από αύριο θα είχε στην κατοχή του ένα τεράστιο ποσό. Επομένως θα μπορούσε να αρχίσει την υλοποίηση του δεύτερου μέρους του σχεδίου του.

Έφτασε στο ξενοδοχείο και κλείστηκε στο δωμάτιό του. Ήθελε να σκεφτεί πάλι τις επόμενες κινήσεις του. Στο τέλος αποκοιμήθηκε μέχρι το επόμενο πρωί.

Όλα κύλησαν ομαλά. Ο Αντριάνο μετέφερε τα χρήματα στο λογαριασμό του Πάολο κι αυτός του έδωσε τα διαμάντια.

«Δεν ξέρω αν το γνωρίζεις Πάολο», του είπε, «αλλά εκτός του ότι θεωρούμαι ένας απ' τους μεγαλύτερους σχεδιαστές κοσμημάτων στην Ιταλία, η δουλειά μου έχει μεγάλη απήχηση και στο εξωτερικό. Η νέα σειρά κοσμημάτων που θα λανσάρω στην αγορά προϋποθέτει μεγάλες ποσότητες πολύτιμων λίθων κι είναι ήδη προπωλημένη. Μήπως θα ήσουν σε θέση να μ' εφοδιάσεις μ' αυτές τις ποσότητες; Εγώ είμαι διατεθειμένος να συνεχίσω την συνεργασία μαζί σου γιατί φαίνεσαι πραγματικός επαγγελματίας. Το εμπόρευμά σου είναι άριστης ποιότητας και σε λογικές τιμές. Τι λες;»

«Δεν γνωρίζω αυτή τη στιγμή κύριε Αντριάνο. Αν μου δώσετε λίγο χρόνο, τότε θα μπορούσα να μιλήσω με τον πατέρα μου για να δω αν θα μπορούσε σε σύντομο χρονικό διάστημα να μ' εφοδιάσει με τις ποσότητες που ενδιαφέρεστε και το είδος των πολύτιμων λίθων που θα θέλατε».

«Πολύ καλά Πάολο. Λοιπόν, εδώ έχω σημειώσει τις ποσότητες, το είδος και το χρόνο που θα τα χρειαστώ. Σε μια εβδομάδα θα ήθελα μια απάντηση, διότι όπως αντιλαμβάνεσαι, πρέπει να προετοιμάζομαι νωρίς για τον επόμενο χρόνο».

Ο Πάολο έριξε μια γρήγορη ματιά στο χαρτί που του έδωσε. «Θεέ και Κύριε», σκέφτηκε. «Αυτή εδώ είναι μια παραγγελία εκατομμυρίων λιρών για τα επόμενα δυο χρόνια!» Του ήρθε να χοροπηδήσει απ' την χαρά του. Πήρε το πιο σοβαρό του ύφος και είπε:

«Να είσαστε σίγουρος ότι θα σας ενημερώσω το γρηγορότερο δυνατό κύριε...»

Χαιρετήθηκαν σαν δυο σοβαροί συνεργάτες κι ο Πάολο πήρε τον δρόμο προς το κέντρο της πόλης. Είχε αναθέσει σ' ένα γνωστό κτηματομεσίτη να του βρει ένα καθώς πρέπει διαμέρισμα στην καλύτερη περιοχή της Ρώμης, όπως επίσης κι ένα κατάστημα. Χρειαζόταν έναν επαγγελματικό χώρο για να μπορέσει να προχωρήσει στην υλοποίηση των σχεδίων του. Είχε γνωρίσει πολύ κόσμο όλους αυτούς τους μήνες κι όλοι ελεύθεροι επαγγελματίες, κυρίως έμποροι, βιομήχανοι, εργολάβοι.

Είχε φροντίσει να μάθει πολλά για τη δουλειά του καθενός κι είχε καταλήξει πως έπρεπε ν' ασχοληθεί με κάτι χειροπιαστό: να δημιουργήσει τη δική του επιχείρηση. Αυτή η ιστορία με την οργάνωση και τον Τζακ δεν ήξερε πόσο θα διαρκούσε, γι' αυτό έπρεπε να επενδύσει τα χρήματα που θα κέρδιζε σωστά, ούτως ώστε να παρέμενε συνεχώς στο προσκήνιο.

Καθώς περπατούσε, ο ίδιος νεαρός που τον είχε πλησιάσει στην πλατεία του Αγίου Πέτρου βρέθηκε πάλι μπροστά του.

«Όλα εντάξει;» τον ρώτησε.

«Όλα καλά. Τα χρήματα βρίσκονται ήδη στο λογαριασμό του Τζακ, όμως θα ήθελα να επικοινωνήσω μαζί του. Έχω καινούρια παραγγελία».

«Ο Τζακ δεν θέλει να επικοινωνείτε απευθείας. Είναι επικίνδυνο. Μπορείς να μου τη δώσεις εμένα και θα σου απαντήσει».

«Έλα μαζί μου», του είπε ο Πάολο.

Πήγαν και κάθισαν σ' ένα απόμερο μικρό μπαράκι. Ο Πάολο έβγαλε ένα κομμάτι χαρτί κι έγραψε πάνω σ' αυτό.

«Η νέα παραγγελία είναι η πιο κάτω. Περιμένω οδηγίες εντός μιας εβδομάδας». Μετά αντέγραψε την παραγγελία του Αντριάνο βάζοντας τ' ανάλογα χρονικά περιθώρια.

«Παρ' το αυτό», είπε στο νεαρό, «και μεταβίβασέ το αμέσως στον Τζακ. Είναι επείγον».

Ο νεαρός έφυγε. Ο Πάολο αφού αποτέλειωσε τον καφέ του, σηκώθηκε και κατευθύνθηκε πάλι προς το κτηματομεσιτικό γραφείο.

Ο Μάριο Πιάτσι τον υποδέχτηκε θερμά. «Κύριε Βαλέντι νομίζω βρήκα αυτό που σας ταιριάζει», του είπε. «Ελάτε μαζί μου».

Το διαμέρισμα βρισκόταν στην καλύτερη περιοχή της Ρώμης. Όσο για το κατάστημα... Αυτό βρισκόταν στον πιο εμπορικό δρόμο. Ήταν και τα δύο ευρύχωρα και σ' άριστη κατάσταση.

«Τύχη βουνό!» σκέφτηκε ο Πάολο.

«Και πόσο θα μου κοστίσει αυτή η επένδυση;» ρώτησε τον Μάριο.

«Κύριε Βαλέντι οφείλω να ομολογήσω ότι είσαστε πολύ τυχερός», του είπε ο Μάριο. «Τα συγκεκριμένα ακίνητα ανήκουν σε μια κυρία η οποία είναι ετοιμοθάνατη. Αυτή η κυρία λοιπόν, είναι εντελώς μόνη κι επειδή δεν θέλει να κληρονομήσουν οι συγγενείς της τίποτα, αποφάσισε να τα πουλήσει όσο-όσο και να δώσει τα χρήματα στην εκκλησία για να χτίσουν εις μνήμη της ένα μικρό εκκλησάκι στο χωριό απ' το οποίο κατάγεται. Γι' αυτό η τιμή είναι φοβερά ελκυστική».

Ο Μάριο Πιάτσι έγραψε την τιμή πάνω σ' ένα χαρτάκι και το έδωσε στον Πάολο.

«Αυτή είναι η τιμή κύριε Βαλέντι. Αν θέλετε μπορείτε να το σκεφτείτε».

Ο Πάολο κοίταξε το νούμερο στο χαρτάκι. «Είναι πραγματικά μια ευκαιρία...» σκέφτηκε, «είμαι πολύ τυχερός».

«Δεν έχω χρόνο να το σκεφτώ αγαπητέ μου», είπε. « Τ' αγοράζω και τα δύο».

«Πολύ καλά», είπε ο Μάριο χαρούμενος. «Μπορούμε να τελειώσουμε την διαδικασία και σήμερα αν θέλετε».

Έβγαλε διάφορα έγγραφα πάνω στο γραφείο του. Ο Πάολο τα υπέγραψε και ζήτησε απ' το Μάριο να τον ακολουθήσει στην τράπεζα. Όλα τελείωσαν σε μια μέρα κι ο Πάολο ήταν πολύ περήφανος για τον εαυτό του.

Την επομένη πέρασε απ' το εργαστήρι του Αντρέα Σόλε. Ο Αντρέα Σόλε ήταν γνωστός διακοσμητής εσωτερικών χώρων και κατασκευαστής μοναδικών κομματιών επίπλων. Ο Πάολο του ανέθεσε την επίπλωση του διαμερίσματός του. Η συμφωνία παράδοσης υπογράφτηκε για το τέλος του μήνα.

Ο Πάολο έφυγε ευχαριστημένος. «Όλα πηγαίνουν πολύ καλά», σκεφτόταν χαμογελώντας. «Τώρα μένει η απάντηση του Τζακ».

Περίμενε υπομονετικά τις επόμενες μέρες. Ήξερε ότι απ' αυτή την παραγγελία θα πετύχαινε πάρα πολλά.

Την απάντηση του Τζακ την βρήκε γραμμένη σ' ένα χαρτάκι κάτω απ' την πόρτα του. Ήταν θετική κι αναγράφονταν σ' αυτό τ' αντίστοιχα ποσά για την κάθε παραγγελία, όπως κι οι ημερομηνίες αφίξεως της καθεμιάς. Ο Πάολο έτρεξε στο τηλέφωνο και σχημάτισε τον αριθμό του Αντριάνο.

«Παρακαλώ», ακούστηκε η φωνή του απ' την άλλη μεριά.

«Κύριε Αντριάνο, Πάολο Βαλέντι ομιλεί. Θα ήθελα να γευματίσουμε μαζί εδώ στο ξενοδοχείο μου. Σας είναι εύκολο;»

«Βεβαίως κύριε Βαλέντι, θα είμαι εκεί γύρω στη μία».

Ο Πάολο ετοιμάστηκε. Σε μια ώρα ο Αντριάνο θα βρισκόταν εκεί. Αντέγραψε τις οδηγίες που είχε πάρει απ' τον Τζακ σ' ένα κομμάτι χαρτί και κατέβηκε. Πήγε στο μπαρ να πιει ένα ποτό. Αισθανόταν μεγάλη νευρικότητα. Εάν ο Αντριάνο δώσει την συγκατάθεσή του και συμφωνήσει με τις τιμές, τότε υπέγραφε και την πραγματοποίηση των ονείρων του Πάολο. Όλα κρέμονταν απ' αυτόν.

Ο Αντριάνο εμφανίστηκε ακριβώς στη μία. Ήταν πολύ συνεπής σ' όλα όσα έκανε. Κατευθύνθηκε προς το τραπέζι του Πάολο.

«Καλωσόρισες κύριε Αντριάνο», του είπε ο Πάολο κάνοντας χειραψία μαζί του.

Ο Αντριάνο ανταπέδωσε, κάθισε άνετα στο τραπέζι κι αφού παρήγγειλαν, ο Πάολο μπήκε απευθείας στο θέμα.

«Η απάντηση απ' τον πατέρα μου είναι θετική. Μπορεί να μας προμηθεύσει το εμπόρευμα εντός των χρονικών περιθωρίων που επιθυμείτε.» Έβγαλε την σημείωση που είχε γράψει.

«Εδώ αναγράφονται οι ποσότητες, οι τιμές κι οι ημερομηνίες άφιξης των εμπορευμάτων», είπε. «Εάν συμφωνείτε, τότε θα το μεταφέρω στον πατέρα μου για ν' αρχίσει τις διαδικασίες».

Ο Αντριάνο κοίταξε το χαρτάκι κι έμεινε για λίγο σκεφτικός.

«Πολύ καλά», είπε. «Μπορείτε να μεταβιβάσετε στον πατέρα σας την αποδοχή μου όσων αφορά τις τιμές και θα σας εμπιστευθώ ότι θα ακολουθήσετε πιστά τις ημερομηνίες παράδοσης».

«Γι' αυτό να είσαστε σίγουρος», είπε ο Πάολο. «Λοιπόν, ας πιούμε στην άρτια συνεργασία μας.» Οι δυο άντρες σήκωσαν ελαφρά τα ποτήρια τους, ευχόμενοι κάθε ομαλή εξέλιξη.

Ο Πάολο ετοίμαζε τη βαλίτσα του. Θα πήγαινε για το Σαββατοκύριακο στο εξοχικό της Φράνκα. Πώς μπορούσε να χάσει ένα τέτοιο πάρτι! Ήταν ξακουστή η Φράνκα για τα υπέροχα πάρτι που διοργάνωνε. Όλοι εύχονταν να τους προσκαλούσε. Θα περνούσε ένα όμορφο Σαββατοκύριακο κι επιπλέον, θα έβλεπε και την Αριάννα.

Ο Πάολο ήταν ένας απ' τους πιο δημοφιλείς νεαρούς. Όλες οι κοπέλες προσπαθούσαν με κάθε τρόπο να τον κατακτήσουν. Είχε καταφέρει να δημιουργήσει ένα μύθο γύρω απ' τ' όνομά του. Έβγαινε μ' αρκετές κοπέλες αλλά το ένιωθε ότι η καρδιά του ήταν δοσμένη αποκλειστικά στην Αριάννα.

Η Αριάννα απ' την άλλη δεν έκανε όπως οι συνομήλικές της. Δεν την είχε δει ποτέ να συνοδεύεται από κάποιο νεαρό και δεν τον είχε ποτέ πολιορκήσει. Κυκλοφορούσε συνεχώς στο πλάι της Φράνκα, που ήταν άλλωστε κι η καλύτερή της φίλη.

Ο Πάολο έφτασε στην έπαυλη. Αμέσως βρέθηκε περιτριγυρισμένος από τέσσερις πέντε κοπέλες που όλες προσπαθούσαν να κερδίσουν την προσοχή του. Η Φράνκα τον πλησίασε.

«Καλωσόρισες Πάολο», του είπε χαμογελώντας, «έλα μαζί μου». Τον πήρε απ' το χέρι και τον οδήγησε στην πισίνα. Εκεί στο μπαρ η Αριάννα έπινε το ποτό της χαζεύοντας. Ήταν φοβερά εντυπωσιακή και του Πάολο του κόπηκε η αναπνοή.

«Νομίζω καλά θα ήταν να καθίσεις μαζί με την Αριάννα για να σταματήσουν όλοι αυτοί να την ενοχλούν», είπε χαμογελώντας πονηρά. Τον υποχρέωσε να καθίσει μαζί της στο μπαρ και έφυγε.

Πέρασαν όλο το Σαββατοκύριακο μαζί. Η Αριάννα ήταν όπως πάντα πολύ πνευματώδης. Ο Πάολο τη λάτρεψε ακόμα περισσότερο κι από εκείνη τη στιγμή έγιναν αχώριστοι. Ο έρωτας είχε γεννηθεί μεταξύ τους. Ένας θυελλώδης έρωτας που έμελλε να σαρώσει τα πάντα.

Στους επόμενους μήνες που ακολούθησαν, ο Πάολο μετακόμισε στο πολυτελές διαμέρισμά του και ταυτόχρονα παρέλαβε και κάποιες παρτίδες απ' το εμπόρευμα που είχε παραγγείλει ο Αντριάνο. Το μερίδιο που είχε πάρει απ' τις πωλήσεις, του επέτρεπε ν' αρχίσει να υλοποιεί τα επόμενά του σχέδια.

Μετά από αρκετή μελέτη αποφάσισε την πορεία που θα ακολουθούσε. Θεώρησε ακόμα σαν μια πολύ καλή κίνηση να προσλάβει κάποιο ιδιωτικό ντεντέκτιβ, ο οποίος θα γινόταν το δεξί του χέρι και θα του ήταν έμπιστος.

Γύρευε λοιπόν κάποιο έμπειρο στο επάγγελμα, εχέμυθο, αφοσιωμένο και χωρίς προσωπικές υποχρεώσεις. Έχοντας ψάξει μεταξύ όλων των ντεντέκτιβ, αποφάσισε ότι ο Κάρλο Λομπάρντο ίσως ήταν η καλύτερη γι' αυτόν περίπτωση, γιατί όχι μόνο διέθετε τα προσόντα που αυτός ζητούσε αλλά ήταν κι αρκετά διαθέσιμος, μιας που δεν είχε γίνει ακόμα γνωστός.

Πράγματι, ο Κάρλο βρέθηκε προ εκπλήξεως όταν είδε να μπαίνει στο γραφείο του ο πολύ γνωστός Πάολο Βαλέντι.

«Καθίστε κύριε. Σε τι οφείλω την τιμή;» του είπε σαστισμένος.

«Αγαπητέ μου, θα είμαι σύντομος. Χρειάζομαι μόνιμα κάποιον ο οποίος θα είναι σε θέση να μου μεταφέρει την οποιαδήποτε πληροφορία επιθυμώ, όπως επίσης ν' ασχολείται μ' επαγγελματικά θέματα τα οποία θα του αναθέτω κάτω από πλήρη εχεμύθεια κι εμπιστοσύνη. Είναι κάτι σαν ιδιωτικός αστυνομικός υπό την απόλυτη δικαιοδοσία μου. Σας έχω παρακολουθήσει εδώ και λίγο διάστημα και πιστεύω ότι είσαστε τ' άτομο που χρειάζομαι. Λοιπόν, δέχεστε να εργαστείτε για μένα;»

Το σάστισμα του Κάρλο είχε μετατραπεί σε χαρά. Ήταν πολύ κολακευτική η πρόταση του Πάολο. Πάντα τον ενδιέφερε να εργαστεί για ανθρώπους σαν αυτόν, μόνο που μέχρι εκείνη τη στιγμή κανείς απ' αυτό τον κύκλο δεν είχε ενδιαφερθεί να του αναθέσει έστω και το παραμικρό. Τώρα... Τώρα ο ίδιος ο Πάολο Βαλέντι τον ήθελε για προσωπικό του ντετέκτιβ. Ήταν ό,τι καλύτερο μπορούσε να του συμβεί κι η απάντηση βγήκε απ' το στόμα του αυθόρμητα.

«Βεβαίως! Πολύ ευχαρίστως κύριε Βαλέντι...»

Ο Πάολο σίγουρα είχε βρει τον τρόπο να γοητεύει τους ανθρώπους και να τους δένει μαζί του. Έτσι έγινε και με τον Κάρλο, τον οποίο όχι μόνο έκανε να νιώσει σημαντικό, αλλά του προσέφερε κι ένα μεγάλο ποσό ως μισθό.

«Όταν οι υπάλληλοι είναι ευχαριστημένοι με τον εργοδότη, τότε αποδίδουν στον μέγιστο βαθμό», σκέφτηκε ο Πάολο και σίγουρα ο Κάρλο θα γινόταν η ζωντανή απόδειξη γι' αυτό.

«Λοιπόν», είπε ο Πάολο ενώ ήταν έτοιμος να φύγει, «αυτή είναι η διεύθυνσή μου. Αύριο το πρωί στις εννέα θα σε περιμένω για να σ' ενημερώσω για το τι πρέπει να κάνεις».

Ο Κάρλο τα είχε χαμένα. Μέσα σε λίγα λεπτά η ζωή του απ' την ανία και την μιζέρια βρέθηκε στο φως.

«Αύριο λοιπόν μια καινούρια αρχή. Σας υπόσχομαι κύριε Βαλέντι ότι δεν θα μετανιώσετε ποτέ για την επιλογή που έχετε κάνει», είπε συγκινημένος.

Η ώρα εννιά ακριβώς βρισκόταν έξω απ' το διαμέρισμα του Πάολο και χτυπούσε το κουδούνι.

Του άνοιξε ο ίδιος. Ήταν ντυμένος πολύ απλά και κρατούσε στο χέρι τον καφέ του.

«Έλα Κάρλο, θα μιλήσομε καθώς προγευματίζομε».

Ο Κάρλο τον ακολούθησε. Κάθισαν στο τραπέζι κι αφού σερβιρίστηκαν, ο Πάολο άρχισε να μιλά. Ο Κάρλο τον άκουγε με μεγάλη προσοχή.

«Λοιπόν αγαπητέ Κάρλο», του είπε. «Όπως γνωρίζεις εδώ και λίγο καιρό έχω εγκατασταθεί στη Ρώμη με σκοπό ν' ανοίξω τις δικές μου επιχειρήσεις. Αφού μελέτησα καλά την αγορά, αποφάσισα ότι μια πολύ επικερδής επιχείρηση είναι η βιομηχανία ένδυσης. Μ' ενδιαφέρει να βρω κάποιον ο οποίος δεν είναι ακόμα γνωστός σχεδιαστής, αλλά διαθέτει πηγαίο ταλέντο το οποίο θα εκμεταλλευτώ. Μ' ενδιαφέρει να εργοδοτήσω τις καλύτερες ράπτριες και γενικά το καλύτερο προσωπικό. Αυτούς θα τους πάρω απ' τους ήδη υφιστάμενους οίκους ενδυμάτων. Οι κινήσεις μας πρέπει να είναι προσεκτικές. Σου έχω ετοιμάσει μια λίστα ονομάτων, άτομα δηλαδή τα οποία θέλω να πλησιάσεις και να φέρεις κοντά μου. Εγώ θα προσπαθήσω να τους πείσω να δουλέψουν για μένα. Όλα αυτά πρέπει να γίνουν γρήγορα και με κάθε μυστικότητα, ούτως ώστε να μην προλάβουν ν' αντιδράσουν εις βάρος μας οι άλλοι οίκοι. Αυτή είναι η πρώτη δουλειά που σου αναθέτω. Η δεύτερη είναι η εξής: Θα μάθεις με ποιους συνεργάζονται οι άλλοι οίκοι κι από πού προμηθεύονται τις πρώτες ύλες τους, θα μας φέρεις σ' επαφή κι εγώ θα προσπαθήσω να επιτύχω αποκλειστικότητα μαζί τους, προσφέροντας τους καλύτερους όρους συνεργασίας. Όταν τελειώσεις μ' αυτές τις δυο δουλειές, τότε θέλω να προσπαθήσεις να μου βρεις έναν όμορφο πύργο στον οποίο θα ήθελα να επενδύσω. Αυτά προς το παρόν», του είπε και σηκώθηκε. Πλησίασε τον Κάρλο και του έδωσε την λίστα με τα ονόματα. «Στηρίζομαι σε σένα φίλε μου», του είπε.

Ο Κάρλο σηκώθηκε. «Αν και δεν είναι εύκολα αυτά που μου ζητάει, εγώ θα προσπαθήσω να τα υλοποιήσω», σκέφτηκε καθώς κατευθυνόταν προς την πόρτα του διαμερίσματος.

Πράγματι ο Κάρλο τα κατάφερε! Όλα έγιναν πολύ γρήγορα και μ' ακρίβεια. Ο Πάολο κατάφερε να εξαγοράσει τους πάντες και να ξεκινήσει πολύ δυνατά την δική του επιχείρηση. Οι ανταγωνιστές του δεν πρόλαβαν καν ν' αντιδράσουν.

Οι εφημερίδες και τα περιοδικά είχαν βουίξει απ' την απόφαση του γοητευτικού κύριου Βαλέντι ν' ασχοληθεί με τη μόδα και τη βιομηχανία ένδυσης. Όλες οι κυρίες έτρεχαν να ενημερωθούν για τη νέα πραγματικά εντυπωσιακή κολεξιόν.

Οι πωλήσεις της εταιρείας Πάολο Βαλέντι είχαν φτάσει στα ύψη.

«Όλα πηγαίνουν περίφημα», σκεφτόταν ο Πάολο. Ένιωθε όμως μια σκιά στην ψυχή του. «Πρέπει ν' απαλλαχθώ οπωσδήποτε απ' την οργάνωση και τον Τζακ», σκεφτόταν. «Αν ποτέ κάτι πάει στραβά, τότε όλα αυτά θ' τιναχθούν στον αέρα».

Είχε δώσει τις τελευταίες παραγγελίες στον Αντριάνο και περίμενε καινούριες οδηγίες απ' τον Τζακ. Μόνο η σκέψη αυτή τον έπνιγε. «Δεν ήταν εύκολο ν' απαλλαχτεί απ' αυτούς. Θα τον σκότωναν. Τι να έκανε;»

Οι μέρες περνούσαν. Είχαν περάσει σχεδόν δυο μήνες και δεν είχε κανένα νέο από τον Τζακ. «Κάτι μεγάλο θα ετοιμάζει», σκεφτόταν κι ο φόβος του για τον επερχόμενο κίνδυνο τον έτρωγε.

Ένα πρωινό καθώς είχε ξυπνήσει βαρύς, αφού τον τελευταίο καιρό δεν μπορούσε να κοιμηθεί παρά μόνο λίγες ώρες κι εκείνες γεμάτες με βασανιστικούς εφιάλτες, χτύπησε ελαφρά η πόρτα του διαμερίσματός του.

Παραξενεύτηκε και πήγε ν' ανοίξει με δυσφορία. Στο κατώφλι στεκόταν ο νεαρός μπράβος του Τζακ. Οι δυο άνδρες κοιτάχτηκαν βουβά για λίγα λεπτά. Μετά ο Πάολο του έκανε νόημα να μπει μέσα. Κάθισαν αμίλητοι στο σαλόνι. Ο νεαρός είχε ένα παράξενο ύφος κι ο Πάολο πήρε την πρωτοβουλία να ρωτήσει.

«Τι συμβαίνει; Υπάρχουν νέες οδηγίες απ' τον Τζακ;»

Ο νεαρός τον κοίταξε. «Όχι κύριε Πάολο. Ήρθα από μόνος μου να σας αποχαιρετήσω. Ο Τζακ είναι νεκρός. Σκοτώθηκε σε μια συμπλοκή που έγινε στο μπαρ του. Οι άνθρωποι της οργάνωσης αποφάσισαν να τη διαλύσουν. Έχουν όλοι βγάλει αρκετά και δεν θέλουν να διακινδυνεύσουν άλλο. Θ' ακολουθήσει ο καθένας τον δρόμο του. Εγώ φεύγω για Αμερική. Θα κάνω τις δικές μου επιχειρήσεις και θα ζήσω ήρεμα, μακριά από κινδύνους. Πέρασα απλώς να σας ενημερώσω και να σας αποχαιρετήσω».

Ο νεαρός σηκώθηκε. Ο Πάολο ένιωθε χαρούμενος, ξαλαφρωμένος. «Όλα τέλειωσαν», σκεφτόταν. «Δεν κινδυνεύω πια».

«Καλό ταξίδι και καλή τύχη νεαρέ...» του είπε,«και σ' ευχαριστώ...»

«Τ' όνομά μου είναι Τζεφ Άτκινς κύριε. Ίσως κάποια μέρα συναντηθούμε και πάλι κάτω από διαφορετικές συνθήκες. Σας ευχαριστώ κι εγώ».

Οι δυο άντρες αποχαιρετίστηκαν κι ο Πάολο έκλεισε την πόρτα πίσω του.

«Επιτέλους μόνος!» αναφώνησε. «Μόνος, μακριά απ' το ζυγό του κινδύνου». Ένιωθε ελεύθερος.

Ο Πάολο είχε γίνει ένας απ' τους πιο επιτυχημένους επιχειρηματίες της χώρας. Οι κινήσεις που είχε κάνει όμως για να καταφέρει να φτάσει στην κορυφή, είχαν οδηγήσει στην καταστροφή πολλούς άλλους. Πολλοί τον θεωρούσαν απατεώνα, σκληρό και ψυχρό εκτελεστή. Αυτό είχε δημιουργήσει θανάσιμες έχθρες απέναντί του. Η αλήθεια ήταν ότι ο Πάολο δεν δίστασε ποτέ μπροστά σε τίποτα προκειμένου να επιτύχει το σκοπό του κι αυτό τον έκανε σιγά-σιγά ν' αλλάξει εντελώς χαρακτήρα και να γίνει σκληρός και δύστροπος.

Παρόλα αυτά, εξακολουθούσε να είναι παρών σ' όλα τα πάρτι κι όλα τα κοσμικά γεγονότα.

Τ' αποκορύφωμα για τον ίδιο ήταν όταν ο πιστός του συνεργάτης Κάρλο, τον πληροφόρησε ότι του είχε βρει ένα καταπληκτικό πύργο, όπως του τον είχε ζητήσει, ο οποίος ανήκε σε κάποιο αριστοκράτη που είχε χάσει όλη του την περιουσία στο ποτό και τα χαρτιά. Πουλούσε έτσι ό,τι είχε απομείνει απ' την κληρονομιά του και μαζί μ' αυτά και τον ίδιο τον τίτλο του 'Κόντε' που κατείχε. Ο Πάολο έδειξε ιδιαίτερο ενδιαφέρον γι' αυτό. Ήταν κάτι το οποίο δεν θα μπορούσε να φανταστεί ούτε στα πιο τρελά του όνειρα. Ζήτησε απ' τον Κάρλο να προσκαλέσει εκ μέρους του αυτόν τον αριστοκράτη για μια πολύ ιδιωτική συζήτηση μεταξύ τους. Το ραντεβού κανονίστηκε για το επόμενο βράδυ στο σπίτι του Πάολο.

Η ώρα ήταν δέκα το βράδυ κι ο Πάολο περίμενε μ' ανυπομονησία αυτόν τον άνθρωπο, που τόσο αλόγιστα έχασε τα πάντα αλλά που θα πρόσφερε σ' αυτόν τ' όνειρο.

Η πόρτα χτύπησε κι ο Πάολο βιάστηκε ν' ανοίξει. Μπροστά του βρισκόταν ένας άνδρας γύρω στα εξήντα. Το πρόσωπό του ήταν ρυτιδιασμένο και κουρασμένο, όμως η κορμοστασιά του ήταν πραγματικά αριστοκρατική. Ο Πάολο τον κάλεσε ευγενικά μέσα.

Συζήτησαν γι' αρκετή ώρα και με λεπτομέρεια το καθετί που αφορούσε την ακίνητη περιουσία που ο Πάολο θ' αγόραζε. Τέλος, συζήτησαν και την μεταβίβαση του τίτλου. Κατάφεραν να συμφωνήσουν την τελική τιμή κι αφού υπέγραψαν όλα τ' αναγκαία έγγραφα, οι δυο άντρες έσφιξαν τα χέρια.

Τις μέρες που ακολούθησαν, ο σάλος γύρω απ' τ' όνομα του Πάολο είχε φτάσει στ' αποκορύφωμά του. Όλες οι κοσμικές στήλες έγραφαν για το νέο απόκτημά του και για τον τίτλο με τον οποίο θα τον προσφωνούσαν από τώρα και στο εξής.

Το τηλέφωνό του χτύπησε πρωί-πρωί εκείνη τη μέρα.

«Παρακαλώ;» απάντησε

«Τα σέβη μου Κόντε Βαλέντι», άκουσε μια γυναικεία παιχνιδιάρικη φωνή απ' την άλλη μεριά.

«Τα σέβη μου και σ' εσάς δεσποινίς Φράνκα», είπε κι αυτός γελώντας.

«Σε παίρνω για να σε πληροφορήσω ότι θα διοργανώσω ένα πάρτι προς τιμήν σου στην έπαυλή μου, στο Κάπρι, αυτό το Σαββατοκύριακο. Τι λες; Θα μας κάνεις την τιμή;» τον ρώτησε γελώντας.

«Μεγάλη μου τιμή γλυκιά μου. Όταν εσύ διοργανώνεις πάρτι προς τιμήν μου, εγώ θα έπρεπε να είμαι περήφανος κι όχι να ερωτούμαι αν θα παραστώ».

«Είναι και μια ευκαιρία να βρεθείτε με την Αριάννα, γιατί παρόλο που ξέρω ότι ο δεσμός σας είναι πολύ ειλικρινής κι η αγάπη σας δυνατή, οφείλω να ομολογήσω ότι τον τελευταίο καιρό την έχεις παραμελήσει».

«Έχεις δίκιο Φράνκα. Δυστυχώς, οι επαγγελματικές μου υποχρεώσεις με είχαν πλακώσει αλλά να είσαι σίγουρη ότι θα επιληφθώ της κατάστασης».

«Πολύ καλά. Θα σε δω το Σαββάτο τότε».

«Οπωσδήποτε γλυκιά μου».

Ήταν πολύ όμορφο το Κάπρι. Το λάτρευε. Συνδύαζε το πράσινο με το βαθυγάλανο της Μεσογείου. Ήταν ένα χάρμα οφθαλμών.

Έφτασε στην έπαυλη της Φράνκα γύρω στο μεσημέρι. Η ίδια τον υποδέχτηκε ευδιάθετη και χαμογελαστή όπως πάντα. Η Αριάννα έτρεξε κοντά του και τον αγκάλιασε.

«Με ξέχασες», του είπε με παράπονο.

«Δεν θα μπορούσα με τίποτα να σε ξεχάσω αγάπη μου...» της είπε. «Όμως βλέπεις οι υποχρεώσεις...»

«Καλά, καλά, τα λέτε μετά», τους διέκοψε η Φράνκα.

Πέρασαν όλο τ' απόγευμα πολύ ευχάριστα.

Το πάρτι άναψε για τα καλά μετά το φαγητό. Χόρευαν, τραγουδούσαν, έπιναν μέχρι τις πρωινές ώρες. Πολλοί ήταν εκείνοι που είχαν καταρρεύσει απ' το ποτό και τον χορό και κοιμόντουσαν ακόμα και στο γρασίδι.

Ο Πάολο χόρευε με την Αριάννα στους αργούς ρυθμούς ενός ερωτικού ταγκό ενώ την κρατούσε σφικτά στην αγκαλιά του. Ένιωθε κάθε εκατοστό του κορμιού της που άγγιζε το δικό του. Την κοίταξε. Τον τρέλαινε αυτή η ομορφιά της. Τα γλυκά της μάτια, τα προκλητικά της χείλη, το χυμώδες κορμί της. Αυτή η γυναίκα τον έκανε να νιώθει όλη τη φωτιά της κόλασης να καίει το κορμί του. Άρχισε να την χαϊδεύει αργά κι ερεθιστικά. Η Αριάννα αφέθηκε για λίγο σ' αυτό το πρωτόγνωρο -γι' αυτήν- παιγνίδι. Ξαφνικά αποτραβήχτηκε.

«Όχι Πάολο.»

«Γιατί αγάπη μου;»

Χαμήλωσε τα μάτια και ψιθύρισε. «Φοβάμαι...» Την αγκάλιασε τρυφερά, την οδήγησε στο δωμάτιό της και της άνοιξε την πόρτα. Η Αριάννα μπήκε μέσα. Την φίλησε.

«Περίμενέ με εδώ και θα επιστρέψω», της είπε.

Η Αριάννα ένιωθε φόβο κι αμηχανία. Τον αγαπούσε τον Πάολο. Η αγάπη της έφτανε τα όρια της λατρείας. Σίγουρα, ναι, τον ποθούσε κι αυτή αλλά... φοβόταν. Φοβόταν πολύ.

Η πόρτα χτύπησε ελαφρά κι ο Πάολο εμφανίστηκε μ' ένα μπουκάλι σαμπάνια και δυο ποτήρια στο χέρι. Την αγκάλιασε και την οδήγησε προς τη βεράντα του δωματίου.

Το δωμάτιο ήταν απ' την αντίθετη μεριά της πισίνας όπου είχε οργανώσει το πάρτι η Φράνκα και που όλοι τώρα κοιμόντουσαν εξουθενωμένοι. Έξω βασίλευε η απόλυτη ηρεμία. Η νύχτα ήταν όμορφη, γλυκιά κι οι μεθυστικές ευωδιές απ' τα λουλούδια του απέραντου κήπου της έπαυλης έφταναν κοντά τους, επηρεάζοντας επικίνδυνα τις αισθήσεις τους. Η θάλασσα αντανακλούσε παιγνιδίζοντας το χλωμό φως του φεγγαριού. Ο Πάολο γέμισε τα δυο ποτήρια.

«Ας κάνουμε μια πρόποση», είπε.

Η Αριάννα πήρε το ποτήρι της. Πέρασε το χέρι του γύρω απ' το δικό της.

«Στην αγάπη μας», της είπε σκύβοντας απαλά στ' αυτί της.

Η Αριάννα αναρίγησε. Έφερε το ποτήρι στα χείλη της. Η αίσθηση της σαμπάνιας καθώς κυλούσε ερεθιστικά στα κορμιά τους ήταν πολύ όμορφη.

Ο Πάολο έσκυψε και την φίλησε στον ώμο. Μια γλυκιά ανατριχίλα διέτρεξε το κορμί της. Στάθηκε πίσω της καθώς τα χείλη του κυλούσαν αργά κατά μήκος των ώμων της. Τα δάκτυλα του χάιδευαν απαλά τους καρπούς των χεριών της. Η Αριάννα δεν μπορούσε πια ν' αντισταθεί. Το μυαλό της δεν υπάκουε πια στη λογική. Καθώς τα χέρια του συνέχισαν ανοίγοντας το πίσω μέρος του φορέματος κι εξερευνώντας το κορμί της, κύματα ηδονής άρχισαν να την κυριεύουν. Τη σήκωσε στα χέρια και την ακούμπησε απαλά στο κρεβάτι. Η αίσθηση των μεταξωτών σεντονιών έκανε το γυμνό της κορμί να καίγεται ακόμα περισσότερο. Τη φιλούσε αργά, με πάθος. Τη φιλούσε εκεί που το κορμί της δεν μπορούσε ν' αντισταθεί... Παραληρούσε. Ένας τρελός πόθος την είχε κυριεύσει. Αναστέναξε βαθιά.

«Αγάπη μου», ψέλλισε.

Ο Πάολο είχε τρελαθεί. Την ένιωθε να του δίνεται ολοκληρωτικά. Ένιωθε τα κύματα του πάθους να βασανίζουν σπασμωδικά το κορμί της. Τα κορμιά τους ενώθηκαν κάνοντάς τους να νιώσουν την απόλυτη ηδονή. Οι αισθήσεις τους, τους μετέφεραν σε μια άλλη διάσταση. Ή Αριάννα ήταν πια δική του.

Το πρωινό τους βρήκε να κοιμούνται αγκαλιασμένοι. Ξύπνησαν ανάλαφροι. Ό Πάολο τη φίλησε τρυφερά.

«Καλημέρα αγάπη μου», της είπε.

Η Αριάννα του χαμογέλασε γλυκά. «Καλημέρα!» του απάντησε ναζιάρικα.

Ο Πάολο έπρεπε να φύγει νωρίς το πρωί. Οι υποχρεώσεις τον καλούσαν.

«Μη με αφήσεις αγάπη μου», του είπε η Αριάννα.

Έσκυψε και τη φίλησε. «Είσαι μια μάγισσα. Μ' έχεις μαγέψει. Πώς μπορώ να σε αφήσω;»

Ετοιμάστηκαν κι οι δυο και κατέβηκαν για πρωινό. Ευτυχώς κανείς δεν είχε καταλάβει τι είχε προηγηθεί μεταξύ τους εκείνο το βράδυ. Ο Πάολο έφαγε βιαστικά κι αφού αποχαιρέτησε τη Φράνκα και την Αριάννα, έφυγε.

Τις μέρες που ακολούθησαν μεγάλος σάλος έγινε πάλι γύρω απ' τ' όνομα του Πάολο. Είχε διαδοθεί ευρέως ότι θα επέκτεινε τις επιχειρήσεις του και στον τομέα των τροφίμων και κατασκευών. Ένα πραγματικά μεγάλο άνοιγμα. Όλοι αντέδρασαν. Φοβήθηκαν τον τρόπο που ενεργούσε και την καταστροφή που σκόρπιζε στο πέρασμά του. Πολλοί κατηγόρησαν ανοιχτά και τον Κόντε Μπαρέζε, τον οποίο θεωρούσαν υπαίτιο για όλα τα κακά που τους βρήκαν, αφού αυτός ήταν που βοήθησε τον Πάολο στα πρώτα του βήματα στη Ρώμη. Μάλιστα, οι φήμες για το ειδύλλιο της κόρης του με τον Πάολο χειροτέρευαν την κατάσταση.

Ο Κόντε Μπαρέζε θεώρησε αναγκαίο να μιλήσει στον Πάολο. Σκέφτηκε ότι ίσως να ήταν σε θέση να τον συνετίσει. Δυστυχώς όμως, η συζήτηση εξελίχθηκε πολύ άσχημα και βαριά λόγια λέχθηκαν μεταξύ τους. Ο Κόντε Μπαρέζε φανερά ενοχλημένος κι εκνευρισμένος απείλησε τελικά τον Πάολο ότι θα φρόντιζε να τον αποκλείσουν απ' όλα τα κοσμικά γεγονότα και τους κοσμικούς κύκλους ούτως ώστε να τον αποκλείσει από παντού.

Τότε, ο Πάολο χρησιμοποίησε πολύ άσχημη γλώσσα. Έτσι, χώρισαν φανερά δυσαρεστημένοι ο ένας με τον άλλο σαν δυο ορκισμένοι εχθροί.

Παρόλα αυτά, ο Πάολο σκεφτόταν με σαρκασμό: «Εάν πιστεύει ο Κόντε Μπαρέζε ότι μπορεί να πειράξει έστω και το μικρό δακτυλάκι του Κόντε Πάολο Βαλέντι, κάνει πολύ μεγάλο λάθος».

Δυστυχώς όμως για τον Πάολο ο Κόντε Μπαρέζε μιλούσε σοβαρά. Ο Πάολο είχε υποτιμήσει τις πραγματικές του δυνάμεις. Ήδη απ' τις επόμενες κιόλας μέρες έλαβε γραπτώς τον αποκλεισμό του απ' τις καλύτερες λέσχες ενώ οι προσκλήσεις για κοσμικά γεγονότα ήταν ανύπαρκτες. Ο Πάολο αποφάσισε να τηλεφωνήσει στη Φράνκα. Σήκωσε η ίδια το τηλέφωνο.

«Καλημέρα Φράνκα», της είπε.

Η φωνή της ακούστηκε ψυχρή. «Καλημέρα Πάολο».

«Τι συμβαίνει Φράνκα; Ούτε κι εσύ μου μιλάς πια; Εσύ που ορκιζόσουν η καλύτερη μου φίλη;»

«Λυπάμαι Πάολο. Εγώ ήμουν φίλη με τον παλιό Πάολο. Ο νέος Πάολο έχει αλλάξει πολύ. Έχει γίνει ένας άλλος άνθρωπος που δεν αναγνωρίζω».

«Φράνκα, θα ήθελα να μιλήσουμε...»

«Κατ' αρχήν θα ήταν καλύτερα αν μιλούσες με την Αριάννα. Αρκετά την έχεις εκθέσει. Μήπως θυμάσαι ποια ήταν η τελευταία φορά που είχατε επικοινωνία;»

Στ' άκουσμα του ονόματος της Αριάννας όλος ο θυμός, η κακία και το μίσος που έτρεφε για τον πατέρα της και για τα δεινά που τον έκανε να περνά, ξέσπασαν πάνω στην κοπέλα.

«Δε μ' ενδιαφέρει πια η Αριάννα, Φράνκα».

«Πώς μπορείς να το λες αυτό Πάολο; Πώς μπορείς ν' αρνείσαι την αγάπη σου γι' αυτή; Καταλαβαίνεις ότι την έχεις φέρει σε φοβερά δύσκολη θέση;»

«Δεν μ' ενδιαφέρει η κόρη του Κόντε Μπαρέζε, Φράνκα. Δεν θέλω να έχω καμία σχέση με αυτή την οικογένεια πλέον».

«Είσαι σκληρός Πάολο. Τι φταίει η Αριάννα για τις πράξεις εσένα και του πατέρα της; Γιατί της το κάνεις αυτό;»

«Λοιπόν Φράνκα, σε παίρνω για να σου πω ότι φεύγω απ' τη Ρώμη. Θα κατοικήσω στον πύργο που αγόρασα. Έτσι ή αλλιώς ο Κόντε Μπαρέζε φρόντισε να με απομονώσει απ' όλους». Το πείσμα και η κακία τον κατέλαβαν. «Μη νομίζεις ότι μ' ενδιαφέρει αυτό», συνέχισε. «Καρφάκι δε μου καίγεται. Εγώ έχω πετύχει αυτό που ήθελα στη ζωή μου κι αυτό με ικανοποιεί αφάνταστα. Απλώς ήθελα να σου πω ότι το μοναδικό άτομο που είναι ευπρόσδεκτο στον πύργο μου είσαι εσύ. Αυτά λοιπόν. Χαίρεται...» της είπε κι έκλεισε το τηλέφωνο.

Η Φράνκα απ' τη μια τον λυπόταν αλλά απ' την άλλη δεν μπορούσε να τον συγχωρήσει για την απαίσια συμπεριφορά του απέναντι σ' όλους αλλά κυρίως στην Αριάννα και τον πατέρα της, στον οποίο κανονικά έπρεπε να χρωστά ευγνωμοσύνη.

Τις επόμενες μέρες ο Πάολο μετακόμισε στον πύργο, ο οποίος ήταν περίπου μια ώρα δρόμος απ' το σπίτι της Φράνκα.

Εν τω μεταξύ, η Αριάννα είχε τρελαθεί απ' την αγωνία. Ένιωθε όλο εκείνο τον πόνο κάποιου που αγαπά αλλά δεν βρίσκει ανταπόκριση. Είχε καθημερινή επικοινωνία με την Φράνκα που την άκουγε υπομονετικά και με πόνο ψυχής προσπαθώντας να την συμβουλέψει να τον ξεχάσει.

Εκείνη τη μέρα λοιπόν η Αριάννα ξεκίνησε για το σπίτι της Φράνκα. Είχε γράψει μια επιστολή για τον Πάολο και θα την παρακαλούσε να του την πάρει. Η Φράνκα αντέδρασε αρνητικά όταν της το ζήτησε, αλλά όταν είδε τα μάτια της φίλης της να βουρκώνουν, υπέκυψε.

Την επομένη, αφού τηλεφώνησε του Πάολο ότι θα τον επισκεπτόταν, ξεκίνησε με βαριά καρδιά. Ήξερε δυστυχώς την απάντηση και τα αισθήματα του Πάολο για την Αριάννα, αλλά δεν είχε βρει το θάρρος να της το πει.

Ο Πάολο είχε πέσει με τα μούτρα στη δουλειά. Οι επιχειρήσεις του είχαν γίνει οι μεγαλύτερες στην Ιταλία. Το μίσος του για τον Κόντε Μπαρέζε και το κακό που του έκανε, τον έκανε ακόμα πιο αδίστακτο στις κινήσεις του. Όσον αφορούσε την Αριάννα, το δηλητήριο είχε καταστρέψει τα αισθήματά του γι' αυτήν.

Όταν η Φράνκα του έδωσε την επιστολή αυτός δεν ήθελε ούτε καν να την διαβάσει. «Σε παρακαλώ Πάολο», του είπε η

Φράνκα με δάκρυα στα μάτια, «μην της συμπεριφέρεσαι μ' αυτό τον τρόπο. Δεν φταίει η Αριάννα για όσα έγιναν. Σ' αγαπάει σαν τρελή. Πώς μπόρεσες να την ξεχάσεις τόσο γρήγορα; Σε παρακαλώ, διάβασε αυτά που σου γράφει».

Ο Πάολο θέλοντας να ικανοποιήσει την Φράνκα, άνοιξε το γράμμα. Η Φράνκα ήλπιζε ότι διαβάζοντας την επιστολή ίσως τα πράγματα άλλαζαν κι ο παλιός Πάολο ξαναγύριζε κοντά τους. Ίσως αυτή η επιστολή του άγγιζε τη ψυχή και την έκανε όπως ήταν πριν λίγο καιρό, πριν ο Πάολο γίνει ο σκληρός μεγιστάνας του χρήματος. Δυστυχώς όμως, ήταν ήδη προκατειλημμένος με πολύ κακή διάθεση απέναντι στην Αριάννα.

Διάβασε την επιστολή δυνατά γελώντας σαρκαστικά.

Αγάπη μου,

Σ' έχω πεθυμήσει πολύ. Η αγάπη μου για σένα υπερβαίνει κάθε όριο. Σε παρακαλώ μη μ' αποφεύγεις και μη μ' απορρίπτεις. Κάθε μέρα που περνά χωρίς εσένα είναι κι ένα μαχαίρι στην καρδιά μου. Πονάω αγάπη μου. Σε θέλω κοντά μου. Σε χρειάζομαι. Είμαι έτοιμη ν' απαρνηθώ τα πάντα για σένα. Για μένα υπάρχεις μόνο εσύ. Για μένα η ίδια η ζωή είσαι εσύ.

Σε παρακαλώ, γύρισε κοντά μου.

Σε φιλώ γλυκά

Αριάννα

«Έχει πολύ θράσος η φίλη σου Φράνκα μετά απ' όλα όσα έχουν συμβεί».

«Σε παρακαλώ Πάολο», του είπε με δάκρυα στα μάτια, «η Αριάννα είναι ένας άγγελος. Σου επαναλαμβάνω: δεν φταίει αυτή για όλα όσα έχουν συμβεί. Γιατί δεν δείχνεις λίγη κατανόηση;»

«Όχι Φράνκα. Μπορείς να πεις στη φίλη σου να μ' αφήσει ήσυχο; Για μένα ήταν ακόμα μια ερωτική περιπέτεια όπως οποιαδήποτε άλλη. Λυπάμαι, αλλά πρέπει να με ξεχάσει».

«Έχεις γίνει ένας άνθρωπος από πέτρα Πάολο. Δεν έχεις πια ψυχή, δεν έχεις πια αισθήματα. Πώς μπόρεσα να κάνω τέτοιο λάθος μαζί σου; Πώς μπόρεσα να πιστέψω σε σένα; Πώς μπόρεσα να σε θεωρήσω φίλο μου;» Του γύρισε την πλάτη κι έφυγε τρέχοντας. Έκλαιγε... Έκλαιγε πολύ. Τα λόγια της Αριάννας της είχαν σπαράξει την καρδιά κι η αντίδραση του Πάολο της είχε ανοίξει πληγή. Τι θα έλεγε τώρα στην Αριάννα; Πώς θα την έπειθε να τον ξεχάσει χωρίς να την πονέσει;

Όταν έφτασε σπίτι της, θέλησε να τρέξει στο δωμάτιο της να κρυφτεί, να κλάψει, να σκεφτεί τι θα έλεγε στην Αριάννα. Όμως αλίμονο! Η Αριάννα ήταν εκεί και την περίμενε. Κοιτάχτηκαν. Η Αριάννα κατάλαβε. Η Φράνκα ήταν χλωμή και τα μάτια της πρησμένα απ' το κλάμα. Σωριάστηκε σε μια πολυθρόνα.

«Δε με θέλει πια... Έτσι δεν είναι;» ρώτησε μ' άψυχη φωνή τη Φράνκα. Η Φράνκα δεν απάντησε. «Θέλω να μου πεις τι ακριβώς σου είπε». Η Φράνκα ήταν σ' απόγνωση. Δεν μπορούσε να ξεστομίσει όσα άκουσε. «Φράνκα σε παρακαλώ», της είπε με ήρεμη φωνή η Αριάννα, «πες μου τι ακριβώς σου είπε. Σε ικετεύω».

Η Φράνκα την κοίταξε. Της φάνηκε ήρεμη. «Ίσως θα έπρεπε να γνωρίζει ακριβώς τι συνέβη», σκέφτηκε. «Έτσι θα τον μισούσε και δεν θα πληγωνόταν άλλο πια».

«Φράνκα, σου το ζητώ για τελευταία φορά. Στ' όνομα της φιλίας μας. Πες μου ακριβώς τι σου είπε».

Η Φράνκα πήρε μια βαθιά αναπνοή και της μετέφερε λέξη προς λέξη τα λόγια του Πάολο. Η Αριάννα χλόμιασε.

«Τελείωσε», είπε μονολογώντας.

«Ναι αγάπη μου», της είπε η Φράνκα. «Τελείωσε, ξέχασέ τον. Δεν αξίζει να στεναχωριέσαι γι' αυτόν. Δεν του αξίζει ένας άγγελος σαν κι εσένα».

«Όχι δεν κατάλαβες. Τελείωσε η ζωή μου...».

«Τι λες Αριάννα μου; Δεν θέλω να ακούω βλακείες».

Η Αριάννα την κοίταξε με τέτοιο πονεμένο βλέμμα που η Φράνκα λύγισε. «Είμαι έγκυος το παιδί του Φράνκα. Θα με δαχτυλοδείχνει όλη η κοινωνία. Ο πατέρας μου θα μ' αποκληρώσει, αν δεν σταματήσει η καρδιά του όταν ακούσει τέτοιο πράγμα. Τελείωσε καλή μου σου λέω». Απ' τα μάτια της έτρεχαν ποτάμι τα δάκρυα.

Η Φράνκα έμεινε άφωνη. Στιγμές σιωπής κι αμηχανίας ακολούθησαν. Ξαφνικά η Φράνκα πετάχτηκε πάνω. «Θα πάω να του το πω. Αφού δεν έχεις το θάρρος εσύ, θα το κάνω εγώ».

«Όχι, δεν θέλω», της φώναξε μέσα από λυγμούς η Αριάννα. «Δεν θέλω να νομίζει ότι τον εκβιάζω για την αγάπη του. Εκτός αυτού, η απάντησή του θα είναι ακόμα χειρότερη αν ακούσει τέτοιο πράγμα».

Η Φράνκα την αγκάλιασε. Η Αριάννα έτρεμε. Ήταν στα πρόθυρα της κατάρρευσης. «Αριάννα», της είπε, «σ' αγαπώ. Θέλω να ξέρεις ότι θα είμαι πάντα δίπλα σου».

Η Αριάννα ξέσπασε σε νευρικό κλάμα. Η Φράνκα δεν μπορούσε να την συνεφέρει. «Μην κλαις ,καλή μου. Θα δεις, τα πράγματα αλλάζουν. Όλα θα πάνε καλά». Την κρατούσε στην αγκαλιά της και την χάιδευε. Η Αριάννα άργησε να συνέλθει. Το βλέμμα της ήταν κουρασμένο, απλανές και παγωμένο.

«Πρέπει να πάω στο σπίτι μου», είπε.

«Αποκλείεται να σ' αφήσω να φύγεις στη κατάσταση που είσαι», της είπε η Φράνκα. Σηκώθηκε και την πήρε απ' το χέρι. «Έλα μαζί μου», της είπε. «Πρέπει να ξεκουραστείς». Την οδήγησε στο δωμάτιο των ξένων και την έβαλε στο κρεβάτι να κοιμηθεί.

Εκείνο το βράδυ ο Πάολο πάλευε με τον εαυτό του. Η επιστολή της Αριάννας τον είχε αγγίξει βαθιά στη ψυχή. Η αγάπη του για την Αριάννα πάλευε με το μίσος του για τον πατέρα της. Δυστυχώς για εκείνον τελικά το μίσος κι ο εγωισμός του κατάφεραν να νικήσουν.

Η Αριάννα ξύπνησε τ' άλλο πρωί ακριβώς στην ίδια άσχημη κατάσταση που βρισκόταν και πριν. Ήταν πολύ πρωί κι όλοι στο σπίτι της Φράνκα κοιμόντουσαν. Έφυγε κρυφά και πήρε το δρόμο προς τη Ρώμη. Οδηγούσε με υπερβολική ταχύτητα τ' αμάξι της. Ήταν απ' τις λίγες γυναίκες που διέθεταν αμάξι κι ήξεραν να οδηγούν. Ήταν απελπισμένη. Έβλεπε πώς θα ήταν η ζωή της σε λίγο καιρό και την έπιανε τρέλα. «Δεν την ήθελε ο Πάολο. Γιατί Θεέ μου;» σκεφτόταν. «Τον λατρεύω, είναι η ζωή μου. Γιατί;»

Μια τρελή απελπισία την κυρίευσε. Δεν ήθελε πια να ζει. Δεν μπορούσε να ζει με τόσο πόνο. Γύρισε απότομα το τιμόνι και τ' αυτοκίνητο καρφώθηκε κυριολεκτικά στον κορμό ενός τεράστιου δέντρου. Το χτύπημα ήταν πολύ δυνατό. Η ψυχή της λυτρώθηκε. Η Αριάννα ήταν νεκρή.

Ένας οδηγός που την ακολουθούσε είχε δει τι είχε συμβεί. Ήταν σίγουρος ότι δεν ήταν από λάθος. Κατέβηκε κι έτρεξε κοντά της. Το θέαμα της πανέμορφης κοπέλας που κειτόταν νεκρή τον τάραξε. Μπήκε στ' αυτοκίνητό του κι έτρεξε να ειδοποιήσει τον πλησιέστερο αστυνομικό σταθμό. Όλα έγιναν με μεγάλη ταχύτητα. Η αστυνομία, το νοσοκομείο, οι λακωνικές -πικρές σαν κώνειο- ανακοινώσεις προς τους συγγενείς για το τρομερό συμβάν.

Η Φράνκα εν τω μεταξύ είχε ξυπνήσει. Πήγε στο δωμάτιο της Αριάννας κι όταν δεν την βρήκε εκεί, ανησύχησε. Ένα άσχημο προαίσθημα την κατέλαβε. Τηλεφώνησε στο σπίτι της. Το τηλέφωνο το σήκωσε η οικονόμος κλαίγοντας.

«Κυρία Φράνκα, η κυρία Αριάννα είναι νεκρή. Σκοτώθηκε σ' αυτοκινητιστικό δυστύχημα. Λένε ότι αυτοκτόνησε».

Το τηλέφωνο έπεσε απ' τα χέρια της Φράνκα. «Θεέ μου», σκέφτηκε και λιποθύμησε.

Όλα πέρασαν σαν όνειρο. Οι γονείς της Αριάννας που έκλαιγαν για τον άδικο χαμό της κόρης τους, η κηδεία και μετά η δυστυχία που θα ακολουθούσε αυτούς τους ανθρώπους για μια ζωή.

Οι εφημερίδες κάλυψαν εκτεταμένα το γεγονός. Η Αριάννα ήταν μια απ' τις πιο κοσμικές δεσποινίδες της Ιταλίας. Προερχόταν από γνωστή οικογένεια κι ήταν πανέμορφη. Ήταν αγαπητή λόγω του εξαιρετικού χαρακτήρα της και μία απ' τις πιο ποθητές νύμφες της Ιταλίας. Όλος ο κόσμος λυπήθηκε για τον άδικο χαμό της. Το γεγονός ότι υπήρχαν υπόνοιες για αυτοκτονία έκανε τη φαντασία των δημοσιογράφων να καλπάζει. Οι ιστορίες διαδέχονταν η μία την άλλη για αρκετές μέρες και τ' όνομα του Πάολο βρισκόταν σε πολλές απ' αυτές.

Ο Πάολο είχε διαβάσει για το συμβάν κι ήταν ένα ράκος. «Γιατί το έκανε αυτό Θεέ μου; Γιατί;» Βαθιά μέσα του ήξερε ότι αυτός ήταν ο αίτιος κι αυτό τον σκότωνε. «Γιατί δεν με μίσησες για την απαίσια συμπεριφορά μου αγάπη μου; Γιατί θυσίασες τόσο άδικα τον εαυτό σου;»

Εκείνη τη στιγμή άκουσε φασαρία στο σαλόνι και τη φωνή της Φράνκα να βρίζει το προσωπικό που προσπαθούσε να την εμποδίσει να εισβάλει στον προσωπικό χώρο του Πάολο. Η Φράνκα μπήκε σαν σίφουνας στο δωμάτιο.

«Παλιάνθρωπε, πώς μπόρεσες; Πώς μπόρεσες να της το κάνεις αυτό; Πώς μπόρεσες να σκοτώσεις έναν άγγελο; Τέρας χωρίς καρδιά, καταραμένε δολοφόνε...» του φώναξε καθώς τα μάτια της πετούσαν φωτιές κι η φωνή της έσπαζε απ' τα κύματα λυγμών που είχαν πλημμυρίσει το στήθος της.

Ο Πάολο την κοίταζε ανέκφραστος. Είχε το παγωμένο βλέμμα ενός νεκρού. Τα λόγια της καρφώνονταν σαν μαχαίρια στην καρδιά του. Σκεφτόταν κι ο ίδιος. «Πώς μπόρεσα να τυφλωθώ απ' τον εγωισμό, το μίσος και την αλαζονεία μου και να φέρω στην απόλυτη απελπισία τη γυναίκα που πραγματικά αγαπούσα Θεέ μου;» Ήταν σ' απόγνωση. Έκλαιγε μέσα του... Έκλαιγε βουβά.

Η Φράνκα τον κοίταζε μ' ένα ύφος απόλυτου μίσους. Η φωνή της ακούστηκε βαθιά και τα λόγια της βαριά. «Η Αριάννα ήταν έγκυος. Ήταν έγκυος το παιδί σου τέρας! Τους σκότωσες και τους δύο.» Η Φράνκα είχε καταρρεύσει. Έκλαιγε με δυνατούς λυγμούς. Του γύρισε την πλάτη κι έφυγε τρέχοντας. Οι τροχοί τ' αυτοκινήτου της ακούστηκαν να στριγκλίζουν άγρια μέσα στη νύχτα.

Τα λόγια της ηχούσαν σαν αντίλαλος στα αυτιά του Πάολο. «Η Αριάννα ήταν έγκυος, το παιδί σου... το παιδί σου...» Ο Πάολο κατέρρευσε. Έπεσε στα γόνατα και σπάραζε. «Λύτρωσέ με Θεέ μου, πάρε με κι εμένα. Τους σκότωσα, τους σκότωσα», φώναζε μέσα απ' τους λυγμούς του.

Έκλαιγε έτσι πολλή ώρα. Κανείς απ' το προσωπικό δεν τόλμησε να τον πλησιάσει. Από εκείνη τη στιγμή ο Πάολο ήταν ένας ζωντανός-νεκρός. Είχε χάσει κάθε ενδιαφέρον για τη ζωή. Δεν τον ενδιέφεραν πια ούτε οι επιχειρήσεις, ούτε τα χρήματα, ούτε τα μεγαλεία. Περνούσε τις ώρες του σε μια πολυθρόνα με τη ματιά του βυθισμένη στο κενό. Υπήρχαν μόνο στιγμές που νόμιζες πως ξυπνούσε από λήθαργο...και τότε μονολογούσε: «Αριάννα μου πού είσαι;» Πέρασαν αρκετοί μήνες κι ο Πάολο δεν μπορούσε να συνέλθει. Η κατάστασή του όλο και χειροτέρευε.

Εκείνη την παγερή μέρα αποφάσισε να στείλει όλο το προσωπικό σε διακοπές. Ήθελε να είναι μόνος. Μόνος με τον εαυτό και τις σκέψεις του. Μερικοί απ' αυτούς αντέδρασαν. Δεν ήθελαν να τον αφήσουν εντελώς μόνο, αλλά αυτός τους απείλησε ότι θα τους απέλυε κι έτσι ενέδωσαν.

Έξω χιόνιζε και το κρύο ήταν τσουχτερό. «Ακριβώς όπως την παγωμένη ψυχή μου», σκέφτηκε. Βγήκε έξω και περπάτησε για αρκετή ώρα. Είχε κουραστεί. Ένας ξαφνικός δυνατός πόνος στο στήθος του έκοψε την αναπνοή. Δεν μπορούσε να κινηθεί. Είχε μουδιάσει ολόκληρος. Έπεσε στο χιόνι και το κορμί του αναταράχτηκε από κάποιους σπασμούς. «Αριάννα», ψέλλισε κι η αναπνοή του σταμάτησε. Ήταν νεκρός. Μόνος στη παγωνιά όπως ήταν και στη ζωή. Τον βρήκε την επομένη το προσωπικό του ξαπλωμένο και παγωμένο στο χιόνι.

Η κηδεία του ήταν λιτή. Παρευρέθηκαν μόνο άτομα απ' το προσωπικό του. Οι εφημερίδες μόλις που ανακοίνωσαν τον θάνατό του. Κανένας δεν ενδιαφέρθηκε γι' αυτόν και πολλοί ήταν εκείνοι που χάρηκαν.

Είχαν περάσει πέντε μήνες που ο Ρίτσαρντ ήταν σ' αυτή την κατάσταση. Οι γιατροί τον παρακολουθούσαν στενά. Είχε αναταράξεις που επιτάχυναν επικίνδυνα τους παλμούς της καρδιάς του. Εκείνη τη μέρα χρειάστηκε όλο το επιτελείο των γιατρών για να τον συγκρατήσει. Παραμιλούσε και σπασμοί διέτρεχαν όλο του το κορμί.

Τελείωνε η ζωή του Πάολο κι αυτό τον επηρέαζε αρνητικά. Τις τελευταίες στιγμές ένιωθε να πέφτει σ' ένα ατέλειωτο σκοτεινό κενό. Χρειάστηκαν να τον ενισχύσουν με οξυγόνο για ν' αντεπεξέλθει. Για μια στιγμή νόμισαν ότι θα τον έχαναν.

Όμως ξαφνικά... συνήλθε. Άνοιξε τα μάτια του και προσπαθούσε ν' αντιληφθεί πού βρισκόταν και τι συνέβαινε γύρω του.

«Ηρέμησε Ρίτσαρντ, όλα θα πάνε καλά. Είσαι καλά τώρα. Καλωσόρισες κοντά μας», του έλεγαν οι γιατροί. Χρειάστηκε αρκετή ώρα να ηρεμήσει εντελώς. Όλες οι σωματικές του ενδείξεις έδειχναν να επανέρχονται στον κανονικό τους ρυθμό. Οι γιατροί ανάσαναν.

Ο Τζιανκάρλο βρισκόταν σε συνεχή τηλεφωνική επικοινωνία με την Έρικα. «Συνήλθε Έρικα κι είναι καλά», της έλεγε. Η Έρικα ανάσανε. Ένιωθε ένα φτερούγισμα στη καρδιά της. «Επιτέλους αγάπη μου», σκέφτηκε, «καλωσόρισες κοντά μας». Το μωρό στη κοιλιά της άρχισε να κλωτσάει. «Ναι αγάπη μου», είπε, «ο μπαμπάς είναι καλά. Είναι καλά...»

Χάιδεψε την κοιλιά της. Ήταν πολύ κουρασμένη. Η επιχείρηση του Ρίτσαρντ είχε γίνει κολοσσός χάρη σ' αυτήν κι η δουλειά είχε πολλαπλασιαστεί. Δούλευε ατέλειωτες ώρες και τον τελευταίο καιρό ένιωθε ότι δεν μπορούσε πια ν' αντεπεξέλθει. Ένιωθε πολύ βαριά. Είχε μπει στον όγδοο μήνα της εγκυμοσύνης της κι ο μπέμπης της είχε κάνει τη ζωή μαρτύριο. Ναι, ήταν αγόρι! «Σίγουρα θα μοιάζει του Ρίτσαρντ», σκεφτόταν και δεν ήξερε αν έπρεπε να χαρεί ή να λυπηθεί.

Πήρε την Κάρεν στην εσωτερική γραμμή. «Κάρεν, έλα στο γραφείο μου σε παρακαλώ». Η Κάρεν μπήκε χαμογελαστή στο γραφείο. «Τι κάνουν σήμερα τα παιδάκια μου;» ρώτησε με τρυφερότητα. «Το ένα βασανίζει τ' άλλο. Αυτό κάνουμε», της είπε χαμογελώντας η Έρικα.

Η Κάρεν κάθισε. Η Έρικα την κοίταξε τρυφερά. «Πόσο μ' έχει βοηθήσει η Κάρεν!» αναλογίστηκε. «Στάθηκε κοντά μου στη δουλειά, έκλεισε τα στόματα του προσωπικού όταν άρχισαν τα πρώτα κουτσομπολιά για την κατάστασή μου, κι επιπλέον, μου συμπεριφέρεται σαν πραγματική μητέρα».

«Λοιπόν;» ρώτησε η Κάρεν.

«Λοιπόν, μόλις μου τηλεφώνησε ο Τζιανκάρλο απ' την Ιταλία. Ο Ρίτσαρντ συνήλθε κι είναι καλά. Όμως πρέπει να τον κρατήσουν ακόμα λίγο για να είναι σίγουροι. Δεν ξέρω πόσο καιρό ακόμα αλλά δεν φαντάζομαι για πολύ. Άρα, εγώ πρέπει να ετοιμαστώ για να φύγω».

Η χαρά που ζωγραφίστηκε στο πρόσωπο της Κάρεν μετά το χαρμόσυνο νέο για τον Ρίτσαρντ χάθηκε απότομα. «Δεν έχεις να πας πουθενά. Εδώ θα μείνεις. Πρέπει να τον δεις και να μιλήσετε. Σε παρακαλώ καλή μου, θα είμαι κι εγώ εδώ».

«Όχι Κάρεν, τ' αποφάσισα. Δεν θέλω να με δει σ' αυτή την κατάσταση. Δεν θέλω να ξέρει απολύτως τίποτα».

«Μα Έρικα έχει το δικαίωμα τουλάχιστον να το γνωρίζει. Είναι λάθος αυτό που κάνεις».

«Όχι Κάρεν. Θέλω να έρθει κοντά μου γιατί μ' αγαπά, όχι γιατί θα νιώσει την υποχρέωση. Μετά πού ξέρεις; Ίσως όταν με δει σ' αυτή την κατάσταση να με διαβολοστείλει. Αυτό δεν θα τ' άντεχα με τίποτα. Θα πέθαινα».

Η Κάρεν σιώπησε. Δεν μπορούσε να γνωρίζει την αντίδραση του Ρίτσαρντ. Ήταν τόσο ξεροκέφαλο αυτό το παιδί! Ίσως ήταν καλύτερα έτσι. Θα τον περίμενε να επιστρέψει και μετά θα έπραττε αναλόγως. Δεν είχε σκοπό ν' αφήσει αυτά τα δύο παιδιά να χαθούν.

Ο Ρίτσαρντ εν τω μεταξύ είχε επανέλθει πλήρως. Τον κρατούσαν με το ζόρι στο νοσοκομείο για να του κάνουν κάποιες τελευταίες εξετάσεις. Οι γιατροί του Ινστιτούτου Παραψυχολογίας του πήραν πλήρη κατάθεση για ό,τι είχε συμβεί, τι είχε δει και πώς ένιωθε. Είχαν ήδη κατατάξει το συμβάν σε κλασσική περίπτωση μετεμψύχωσης όπου το άτομο αναβίωνε μέσω ονείρου την προηγούμενη του ζωή.

Ο Τζιανκάρλο μπήκε χαμογελαστός στο δωμάτιο του Ρίτσαρντ. Ήταν η πρώτη μέρα που επιτέλους επέτρεπαν σε κάποιον να τον επισκεφθεί.

«Γεια σου Ρίτσαρντ. Πώς νιώθεις;» τον ρώτησε.

«Περίφημα φίλε μου», του απάντησε. «Νομίζω είναι καιρός να μ' αφήσουν να φύγω. Η επιχείρησή μου πρέπει να περνά δύσκολες ώρες μετά απ' την τόσο μεγάλη απουσία μου».

«Μην ανησυχείς. Βρέθηκε ικανότατος αντικαταστάτης σου», του είπε ο Τζιανκάρλο γελώντας.

«Τι εννοείς;» τον ρώτησε παραξενεμένος.

«Η Έρικα φίλε μου, όταν είδε ότι αργούσες να συνέλθεις γύρισε στην Αγγλία. Ανέλαβε πλήρως τις επιχειρήσεις κι όχι μόνον κατάφερε να κλείσει τεράστιες συμφωνίες με ξένες εταιρείες αλλά αυτή τη στιγμή η εταιρεία σου φιγουράρει καθημερινά στον οικονομικό τύπο κι έχει μετατραπεί σ' ένα κολοσσό! Τέλεια σου λέω!!!»

Ο Ρίτσαρντ είχε γίνει κατακόκκινος. Ήταν έξω φρενών. Άρχισε να φωνάζει. «Πώς τόλμησε; Βρήκε την ευκαιρία να με καταστρέψει. Θα τη σκοτώσω. Σίγουρα τα έχει κάνει όλα δικά της. Πρέπει να φύγω αμέσως από εδώ», φώναζε και σηκώθηκε απ' το κρεβάτι.

Ο Τζιανκάρλο τα είχε χαμένα. «Μα τι λες Ρίτσαρντ; Κάνεις λάθος. Η Έρικα τα έκανε όλα για σένα».

«Πρέπει να φύγω», είπε κι άρχισε να ντύνεται.

Οι γιατροί έτρεξαν στο δωμάτιό του. «Δεν μπορείς να φύγεις τώρα. Πρέπει να μείνεις Ρίτσαρντ. Έχουν μείνει πολύ λίγες εξετάσεις. Ακόμα τρεις μέρες κι όλα θα τελειώσουν».

«Όχι, φεύγω τώρα και μην προσπαθήσετε να μ' εμποδίσετε γιατί θα έχετε να κάνετε με τους δικηγόρους μου».

Μέσα σε λίγες ώρες είχε κανονίσει τα πάντα και βρισκόταν στ' αεροδρόμιο. «Θα τη σκοτώσω», σκεφτόταν και τα μάτια του άστραφταν από θυμό.

Ο Τζιανκάρλο τηλεφώνησε στην Έρικα. «Έρικα, έχει συνέλθει πλήρως. Μόλις έμαθε ότι ανέλαβες την επιχείρησή του έγινε έξω φρενών κι έρχεται μ' άσχημους σκοπούς. Λυπάμαι γλυκιά μου. Προσπάθησα να του εξηγήσω αλλά δεν άκουγε τίποτα. Αύριο το πρωί θα είναι κοντά σας».

«Σ' ευχαριστώ Τζιανκάρλο», του είπε λυπημένα η Έρικα. Ένιωθε ένα σφίξιμο στο στομάχι κι ένα βάρος στο στήθος. «Γιατί Θεέ μου με μισεί τόσο; Γιατί;» σκεφτόταν απελπισμένη.

Η Κάρεν μπήκε στο γραφείο. Η Έρικα ήταν τόσο απορροφημένη στις σκέψεις της που δεν άκουσε το χτύπημα στη πόρτα κι αναπήδησε.

«Συγγνώμη αν σε τρόμαξα καλή μου. Τι συμβαίνει κι είσαι τόσο χλωμή; Δεν νιώθεις καλά;»

«Έρχεται αύριο Κάρεν. Πρωί-πρωί. Πρέπει να φύγω σήμερα».

Η Κάρεν δεν έφερε αντίρρηση. Έμεινε με την Έρικα μέχρι να της παραδώσει τα πάντα κι όταν τελείωσαν, ήρθε η στιγμή του αποχωρισμού. Η Κάρεν έκλαιγε. «Μην κλαις Κάρεν», της είπε, «θα σου τηλεφωνώ». Ένας κόμπος είχε ανεβεί στο λαιμό της Έρικα. «Κάρεν σε παρακαλώ, δώσε κι αυτό τον φάκελο στον Ρίτσαρντ. Είναι η παραίτησή μου κι αυτό το τηλέφωνο της δουλειάς». Η Κάρεν την κοίταξε στα μάτια.

«Πώς θα ζεις Έρικα; Εσύ και το μωρό εννοώ. Έχεις χρήματα;»

«Έχω φυλάξει λίγα Κάρεν. Θα τα καταφέρω. Μην ανησυχείς».

«Καλά κορίτσι μου. Αν με χρειαστείς, μη διστάσεις. Όμως, θα ήταν καλύτερα αν είχα τουλάχιστον το τηλέφωνό σου».

«Όχι Κάρεν. Όχι, προς το παρόν θα σου τηλεφωνώ εγώ».

«Όπως θέλεις κορίτσι μου. Καταλαβαίνω», της είπε κι αφού αποχαιρετίστηκαν, τράβηξε η καθεμιά το δρόμο της.

Όταν η Έρικα έφτασε στο διαμέρισμά της, σωριάστηκε σε μια πολυθρόνα κλαίγοντας. Ήταν ένα ράκος. Είχε μείνει εντελώς μόνη τώρα πια, χωρίς δουλειά, χωρίς φίλους, χωρίς συγγενείς.

Ο Ρίτσαρντ κόντευε να φτάσει κι αγωνία του είχε κορυφωθεί. «Τι θα έβρισκε μπροστά του άραγε;» σκεφτόταν.

Οι ώρες περνούσαν αργά. Ο Ρίτσαρντ κι η Έρικα, δυο άνθρωποι που η μοίρα τους έπαιξε ένα άσχημο παιγνίδι, αφέθηκαν στον κόσμο των ονείρων.

Τ' άλλο πρωί ο Ρίτσαρντ μπήκε σαν σίφουνας στο γραφείο. Περίμενε πως θα έβρισκε την Έρικα για να της κάνει κατά μέτωπο επίθεση. Βρήκε το γραφείο άδειο.

«Δεν είναι εδώ Ρίτσαρντ... Έφυγε...» άκουσε την Κάρεν να του λέει. «Καλωσόρισες αγόρι μου».

«Πού πήγε;» τη ρώτησε εκνευρισμένος.

Του έδωσε στο χέρι την επιστολή. «Έφυγε Ρίτσαρντ. Αυτή είναι η παραίτησή της. Σου έκανε την εταιρεία ένα κολοσσό κι έφυγε... Έτσι απλά». Ο Ρίτσαρντ την κοίταξε μ' απορία, δυσπιστία, σύγχυση... «Ναι Ρίτσαρντ. Όσο κι αν δεν το πιστεύεις, όσο κι αν την μισείς. Δεν άγγιξε δεκάρα απ' την περιουσία σου. Αντίθετα τη μεγάλωσε και την προστάτευσε. Και ξέρεις γιατί; Γιατί όταν μια γυναίκα αγαπάει, μπορεί να κάνει υπεράνθρωπα πράγματα». Αυτά του είπε και του γύρισε την πλάτη. Πήγε στο γραφείο της και κλείστηκε εκεί όλη μέρα.

Ο Ρίτσαρντ δεν μπορούσε καθόλου να συγκεντρωθεί στη δουλειά. Σκεφτόταν όλα όσα είχαν συμβεί. Τον άνθρωπο του πορτραίτου, τη ζωή του, τη δική του ζωή, τη στάση της Έρικα... Οι μέρες περνούσαν και κάθε μέρα γινόταν πιο σκυθρωπός, πιο μοναχικός. Η Κάρεν τον παρακολουθούσε.

Εκείνο το βράδυ είχαν μείνει μέχρι αργά. Ήταν κι οι δυο πολύ κουρασμένοι. Είχαν περάσει μια πολύ δύσκολη μέρα. Ο Ρίτσαρντ την φώναξε στο γραφείο του.

«Φτάνει για σήμερα Κάρεν. Κάθισε. Έχω παραγγείλει κινέζικα. Θα φάμε μαζί και μετά θα πάμε στα σπίτια μας».

Η Κάρεν υπάκουσε και κάθισαν να φάνε. Ο Ρίτσαρντ ήταν σιωπηλός. Φαινόταν να ταξιδεύει μακριά.

«Τι σου συμβαίνει Ρίτσαρντ;» τον ρώτησε.

«Τίποτα», απάντησε αυτός.

«Δε γίνεται αγόρι μου. Αφού σε βλέπω... Έχεις αλλάξει πολύ».

«Είναι ό,τι έχω περάσει Κάρεν».

«Μόνο αυτό;» Της έριξε μια φευγαλέα ματιά και δεν απάντησε. «Ρίτσαρντ, σ' εμένα μιλάς. Για τ' όνομα του Θεού, σε γνωρίζω τόσα χρόνια... Θα μπορούσα να είμαι η μητέρα σου. Απάντησέ μου. Μόνο αυτό;»

«Μου λείπει Κάρεν. Μου λείπει πολύ. Δεν το είχα συνειδητοποιήσει. Όμως τώρα την έχασα».

«Θα μπορούσα να της μιλήσω...» του είπε.

«Όχι, δεν θα ήθελα να με δει μπροστά της. Μετά πού ξέρεις; Έκανε πολλά για την επιχείρησή μου όμως εμένα μπορεί να με μισεί».

«Κάνεις μεγάλο λάθος χρυσέ μου», του είπε κι άρχισε να του εξιστορεί τα πάντα για την Έρικα. Του είπε ότι την είχαν διώξει απ' το σπίτι, ότι ζούσε μόνη της σ' ένα άθλιο διαμέρισμα, ότι δύσκολα τα έβγαζε πέρα.

Ο Ρίτσαρντ λύγισε. Πώς μπόρεσε να μην καταλάβει από πριν πόσο τον αγαπούσε; Πώς μπόρεσε να της κάνει τη ζωή κόλαση και να τη πληγώνει τόσο άκαρδα;

«Ρίτσαρντ την αγαπάς;» τον ρώτησε η Κάρεν.

«Πάρα πολύ Κάρεν. Πάρα πολύ αλλά άργησα να το καταλάβω Νόμιζα ότι ήθελε να με καταστρέψει κι ήθελα να την εξοντώσω εγώ πρώτος. Όμως δεν μπορώ, την αγαπώ».

«Ρίτσαρντ, πρέπει να σου πω και κάτι άλλο, παρόλο που η Έρικα μ' εξόρκισε να μην σου το πω.» Ο Ρίτσαρντ της έριξε ένα ανήσυχο βλέμμα...η Κάρεν τον κοίταζε απευθείας στα μάτια.

«Η Έρικα είναι έγκυος το παιδί σου. Της έχει μείνει πολύ λίγο μέχρι να γεννήσει, αλλά δεν ήθελε να σου το πει γιατί σε φοβόταν».

Ο Ρίτσαρντ αναπήδησε. Δεν πίστευε στ' αυτιά του. «Ένα παιδί! Ένα δικό μου παιδί!» Ξαφνικά τον κατέβαλε ο πανικός. «Θεέ μου τ' όνειρο! Τ' όνειρο ήταν προειδοποίηση. Όλα. Όλη η ζωή αυτού του ανθρώπου ήταν παράλληλη με τη δική μου. Προσπάθησε να με προειδοποιήσει. Θεέ μου, πρέπει να βρω την Έρικα!».

Άρπαξε την Κάρεν απ' τους ώμους και την ταρακουνούσε. «Πες μου πού μένει Κάρεν, σε ικετεύω».

«Ηρέμησε Ρίτσαρντ, δεν ξέρω. Δεν θέλησε ποτέ να μου πει ούτε πού μένει, ούτε καν το τηλέφωνό της. Δεν ήθελε να την βρεις. Σε φοβόταν».

Ο Ρίτσαρντ κρατούσε το κεφάλι του απελπισμένος. «Τι να κάνω; Πώς να τη βρω;» σκεφτόταν μ' απελπισία. Ήταν ήδη περασμένα μεσάνυχτα, δεν ήξερε τι να κάνει και συμπεριφερόταν όπως ένα άγριο θηρίο στο κλουβί.

«Νομίζεις ότι οι γονείς της γνωρίζουν πού μένει;» ρώτησε την Κάρεν.

«Ίσως η μητέρα της αλλά δεν πρόκειται να σου πει. Γι' αυτό να είσαι σίγουρος.»

«Ίσως κάποια φίλη της;»

«Δυστυχώς παιδί μου, δεν ήθελε να έχει επαφή με καμία».

Ο Ρίτσαρντ δεν ήξερε τι να σκεφτεί πια.

«Φρόντισε να μην αφήσει κανένα ίχνος για να την βρούμε... Ούτε καν τον λογαριασμό της τράπεζάς της δεν είχε δώσει στο λογιστήριο. Τον μισθό της τον έπαιρνε σε μετρητά. Όμως ξέρεις τι σκέφτηκα;»

«Τι; Τι; Πες μου...»

«Δεν θα το έβρισκες λογικό να γνωρίζει ο γιατρός της την διεύθυνσή της σε περίπτωση έκτακτης ανάγκης;»

Το πρόσωπο του Ρίτσαρντ έλαμψε. «Ναι, ναι», είπε, «μήπως γνωρίζεις πώς τον λένε;»

«Δυστυχώς όχι. Μονάχα μια φορά όταν ήρθε να μου αναγγείλει με χαρά ότι το παιδί ήταν αγόρι, της ξέφυγε τ' όνομα Τζεφ».

Ο Ρίτσαρντ πήγαινε να τρελαθεί. «Είναι αγόρι, Θεέ μου!», είπε. Του ερχόταν να φωνάξει απ' τη χαρά του, αλλά προσγειώθηκε απότομα όταν σκέφτηκε ότι δεν γνώριζε καν πού βρίσκονταν. Θα ήθελε τόσο πολύ εκείνη τη στιγμή να πάρει την Έρικα στην αγκαλιά του, να νιώσει το κορμί της πάνω στο δικό του, να δει ξανά εκείνο το πανέμορφο πρόσωπο να του χαμογελά μ' εκείνο το γλυκό χαμόγελο, ν' αγγίξει τη κοιλιά της, εκεί που βρισκόταν ο γιος του, ο καρπός της αγάπης τους...

Η Κάρεν τον προσγείωσε στη πραγματικότητα. «Γνωρίζεις αυτόν τον Τζεφ, Ρίτσαρντ;» Ο Ρίτσαρντ προσπαθούσε να θυμηθεί.

«Γνωρίζω ότι ο Τζεφ Σουάρτζ είναι ο οικογενειακός γιατρός πολλών εξεχόντων οικογενειών. Λες να είναι αυτός;» Έτρεξε στο γραφείο του και πήρε τον τηλεφωνικό κατάλογο. Βρήκε τ' όνομα Τζεφ Σουάρτζ και τη διεύθυνση. Έμενε αρκετά μακριά απ' το γραφείο του.

«Φεύγουμε τώρα», είπε της Κάρεν.

Οδηγούσε σαν τρελός στο δρόμο. Τους πήρε δύο ώρες να βρουν το σπίτι του. Ο Ρίτσαρντ κατέβηκε και χτυπούσε επίμονα μια την πόρτα και μια το κουδούνι. Ο γιατρός εμφανίστηκε αλαφιασμένος στην πόρτα με τις πυτζάμες.

«Ονομάζομαι Ρίτσαρντ Σμιθ», του είπε, «και θέλω τη διεύθυνση της Έρικα».

«Δεν μπορώ να σου τη δώσω νεαρέ, λυπάμαι. Είναι ιατρικό απόρρητο».

Ο Ρίτσαρντ έβγαζε καπνούς. Τον άρπαξε απ' το γιακά και τον ακούμπησε με δύναμη στον τοίχο.

«Πες μου τη διεύθυνση γιατί θα σε σκοτώσω». Η Κάρεν είδε τη σκηνή και κατέβηκε τρέχοντας. «Ρίτσαρντ μη», του φώναξε. Ο Ρίτσαρντ τον κρατούσε σφικτά.

«Γιατρέ σε παρακαλώ», του είπε η Κάρεν, «πες μας τη διεύθυνση. Μπορεί να σώσεις μια οικογένεια. Σε παρακαλώ».

Ο γιατρός σκέφτηκε για λίγο. «Ένα λεπτό. Θα έρθω κι εγώ μαζί σας».

Σ' ένα λεπτό ήταν έτοιμος. Μπήκαν κι οι τρεις στ' αυτοκίνητο. Το σπίτι της Έρικα ήταν αρκετά μακριά και μέχρι να φτάσουν είχε αρχίσει να ξημερώνει.

Η Έρικα είχε ξυπνήσει νωρίς εκείνο το πρωί. Ένιωθε δυσφορία. Η κοιλιά της είχε μεγαλώσει πολύ. Ντύθηκε αργά και πήγε στο ψυγείο να βάλει ένα ποτήρι γάλα. Με δυσαρέσκεια ανακάλυψε ότι είχε τελειώσει.

«Άντε τώρα», σκέφτηκε. «Πρέπει να συρθώ μέχρι απέναντι ν' αγοράσω. Πω πωωωωω!!» Πήρε το πορτοφόλι και τα κλειδιά και βγήκε. Η δροσερή ατμόσφαιρα του πρωινού την έκανε να νιώσει καλύτερα. Πέρασε απέναντι στο μικρό μπακάλικο.

«Καλημέρα σας», τους χαιρέτησε ευγενικά.

«Καλημέρα κυρία Έρικα», της είπε ο μπακάλης. «Πολύ πρωινή σήμερα...» Τη συμπαθούσε πολύ γιατί εκτός από όμορφη κοπέλα, ήταν πολύ γλυκιά κι ευγενική. «Μια μύγα στο γάλα σ' αυτή τη γειτονιά», σκεφτόταν και κουνούσε το κεφάλι του.

Η Έρικα του χαμογέλασε και χάζεψε λίγο στο μπακάλικο. Πήρε ένα κουτί γάλα και μια σοκολάτα και πήγε στο ταμείο. Η γυναίκα του μπακάλη, μια μεσόκοπη βασανισμένη γυναίκα, την έπιασε στην κουβέντα. Μιλούσαν για αρκετή ώρα κι η Έρικα άρχισε να πεινάει.

«Πρέπει να σας αφήσω τώρα. Ο μπέμπης πεινάει και μ' έχει τρελάνει», της είπε γελώντας. Η μεσόκοπη κυρία την αποχαιρέτησε κι η Έρικα βγήκε στο δρόμο.

Όλα έγιναν μέσα σε λίγα δευτερόλεπτα. Όταν βγήκε απ' το μπακάλικο, το μάτι της πήρε στο βάθος του δρόμου τ' αυτοκίνητο του Ρίτσαρντ. Ένιωσε ένα κύμα πανικού να την κυριεύει και προσπάθησε να διασταυρώσει τον δρόμο όσο πιο γρήγορα μπορούσε.

«Όχι δεν έπρεπε να τη δει, δεν έπρεπε να τη βρει», σκεφτόταν. Όμως, δεν πρόσεξε τ' αυτοκίνητο που ερχόταν. Η Σάλλυ από απέναντι της φώναζε σπαρακτικά. «Έρικα, Έρικα πρόσεχε...»

Ήταν πολύ αργά. Τα λάστιχα του αυτοκινήτου στρίγκλιζαν. Η Έρικα μόλις που το είδε. Την χτύπησε. Το κορμί της πετάχτηκε σαν άψυχη κούκλα στον αέρα και μετά κυλίστηκε στη σκληρή άσφαλτο. Πόνος... Πολύς πόνος και μετά... το σκοτάδι.

Όλοι γύρω παρακολούθησαν βουβοί κι ανίκανοι ν' αντιδράσουν. Τα επόμενα δευτερόλεπτα ακολούθησε ο πανικός. Ο Ρίτσαρντ, η Κάρεν κι ο γιατρός βγήκαν απ' τ' αυτοκίνητο κι έτρεχαν προς το μέρος που κειτόταν ακίνητο το κορμί της Έρικα. Ο Ρίτσαρντ ούρλιαζε. Βρισκόταν εκτός εαυτού. «Αφήστε με να περάσω», φώναζε κι έσπρωχνε όποιον έβρισκε στο δρόμο του.

Ο οδηγός τ' αυτοκινήτου που χτύπησε την Έρικα είχε πάθει νευρικό κλονισμό. Καθόταν καταγής κι έκλαιγε ασταμάτητα.

Ο γιατρός βρισκόταν ήδη κοντά στην Έρικα κι έπαιρνε τους παλμούς της. «Είμαι γιατρός», φώναζε στους γύρω. Την εξέτασε γρήγορα.

«Είναι ζωντανή αλλά χάνει πολύ αίμα... Δεν προλαβαίνω να καλέσω ασθενοφόρο. Πρέπει να διακινδυνεύσουμε να τη μεταφέρουμε εμείς γιατί δεν της απομένει πολύς χρόνος ζωής. Βοηθήστε με».

Όσοι βρίσκονταν εκεί την σήκωσαν μαζί εκτελώντας τις οδηγίες που τους έδινε ο γιατρός. «Αργά και σταθερά. Δεν πρέπει να την ταρακουνήσουμε. Προσέχετε το κεφάλι της», φώναζε συνεχώς.

Την έβαλαν με προσοχή στ' αυτοκίνητο του Ρίτσαρντ. Ο γιατρός κι η Κάρεν την κρατούσαν για να μην κινείται το κορμί της καθώς ο Ρίτσαρντ οδηγούσε σαν τρελός. Έκαναν αγώνα με τον χρόνο. Όταν έφτασαν στο νοσοκομείο, ο γιατρός κατέβηκε τρέχοντας και σε δευτερόλεπτα εμφανίστηκε μ' ένα φορείο, νοσοκόμους κι άλλους γιατρούς.

Την έβαλαν απευθείας στο χειρουργείο. Έπρεπε να της κάνουν καισαρική τομή για ν' αφαιρέσουν το μωρό. Η αιμορραγία προερχόταν απ' την εγκυμοσύνη. Κινδύνευαν σοβαρά κι οι δυο, μητέρα και παιδί.

Όλα γίνονταν με φοβερή ταχύτητα αν και οι ώρες αναμονής για τον Ρίτσαρντ φαίνονταν αιώνες.

«Πρέπει να τα καταφέρεις αγάπη μου... Πρέπει...» σκεφτόταν.

Ο γιατρός βγήκε έξω. Ήταν ανήσυχος.

«Τι συμβαίνει;» τον ρώτησε ο Ρίτσαρντ που βρισκόταν στα πρόθυρα της τρέλας.

«Έχει χάσει πολύ αίμα και δεν έχουν αρκετό για μια ικανοποιητική μετάγγιση. Έστω κι αν ειδοποιήσουμε τώρα, δεν έχουμε αρκετό χρόνο να μας φέρουν άλλο. Τη χάνουμε Ρίτσαρντ», είπε ο γιατρός και για πρώτη φορά τον είδαν να χάνει την ψυχραιμία του.

Ο Ρίτσαρντ ήθελε να φωνάξει. Τον είχε τρελάνει η απελπισία. Ξαφνικά, η Κάρεν μέσα απ' τους λυγμούς που την συνεπήραν ρώτησε:

«Τι κατηγορία αίμα έχει γιατρέ;»

«Όμικρον θετικό», απάντησε ξερά ο γιατρός. Ο Ρίτσαρντ αναπήδησε.

«Όμικρον θετικό έχω κι εγώ. Πάρτε από μένα γιατρέ».

«Δεν ξέρω Ρίτσαρντ. Δεν ήσουν καλά τον τελευταίο καιρό. Θα μπορούσαμε να σε χάσουμε κι εσένα».

«Πάρτε από μένα γιατρέ, για τ' όνομα του Θεού κι ειδοποιήστε εν τω μεταξύ να στείλουν κι άλλο», επέμενε ο Ρίτσαρντ.

Ο γιατρός χάθηκε για λίγο. Βγήκε μετά έξω κι έκανε νόημα στον Ρίτσαρντ να τον ακολουθήσει.

Μπήκε σ' ένα δωμάτιο. Η καρδιά του σκίρτησε. Η Έρικα βρισκόταν εκεί ξαπλωμένη, χλωμή, βυθισμένη σ' ένα λήθαργο.

«Γρήγορα!» φώναξε κάποιος.

Τον έβαλαν να ξαπλώσει κι αφού τους ένωσαν με σωλήνες, άρχισαν απευθείας μετάγγιση. Η ώρα περνούσε κι ο Ρίτσαρντ ένιωθε την αδυναμία να τον καταβάλει.

«Λυπάμαι Ρίτσαρντ, αλλά πρέπει να διακόψουμε την μετάγγιση, αλλιώς θα σε χάσουμε κι εσένα. Κάναμε ό,τι μπορούσαμε. Δυστυχώς, ο χρόνος μας κέρδισε».

«Όχι!» είπε ο Ρίτσαρντ. «Μην τολμήσετε να σταματήσετε την μετάγγιση».

Οι γιατροί τον αγνόησαν κι έκαναν ένα βήμα μπροστά. Ο Ρίτσαρντ ήταν πλέον εκτός εαυτού. Τράβηξε το όπλο που είχε στη τσέπη του.

«Μην τολμήσει κανείς να πλησιάσει!» ούρλιαζε.

Ευτυχώς εκείνη την ώρα η πόρτα άνοιξε. Ένας νοσοκόμος κουβαλούσε σ' ένα ιατρικό τραπέζι μπουκάλες μ' αίμα. Ο Ρίτσαρντ κατέβασε τ' όπλο κι οι γιατροί έτρεξαν να τον αποσυνδέσουν και να συνεχίσουν με την Έρικα.

Ένιωθε αδυναμία και ζαλάδα. Ο γιατρός της Έρικα του έδωσε κάτι να πιει κι άρχισε να συνέρχεται. Τον οδήγησαν έξω απ' το θάλαμο ενώ η Κάρεν τον κρατούσε αγκαλιά. Ήταν καταβεβλημένος. Ξάπλωσε στον καναπέ και περίμενε. Είχε περάσει αρκετή ώρα όταν ένας γιατρός τους πλησίασε. Πίσω ερχόταν χαμογελαστός κι ο γιατρός της Έρικα.

«Κύριε Ρίτσαρντ, η Έρικα έχει περάσει τον κίνδυνο αλλά για την ώρα κοιμάται. Θα θέλατε να δείτε το γιο σας; Συγχαρητήρια είναι υγιέστατος. Ευτυχώς δεν έπαθε τίποτα απ' τ' ατύχημα».

Ο Ρίτσαρντ ένιωσε ανακούφιση και χαρά. Αλήθεια μέσα στην τόση ανακατωσούρα είχε ξεχάσει τον γιο του. «Έχω ένα γιο τώρα Θεέ μου!» σκεφτόταν κι ακολούθησε τον γιατρό χαμογελώντας.

Έφτασαν έξω από ένα δωμάτιο το οποίο περιτριγυριζόταν από γυαλί. Ο Ρίτσαρντ κοίταζε σαν υπνωτισμένος. Υπήρχαν πολλά νεογέννητα βρέφη εκεί αλλά ποιος να ήταν ο δικός του γιος;

Μια νοσοκόμα κύλησε μπροστά του ένα κρεβατάκι μ' ένα ροδοκόκκινο μπέμπη μέσα. «Αυτός είναι ο γιος σας κύριε Ρίτσαρντ! Να σας ζήσει!» του είπε ο γιατρός.

Ο Ρίτσαρντ δεν χόρταινε να τον βλέπει. Ήθελε να τον πάρει στα χέρια του και να τον σφίξει στην αγκαλιά του. «Είναι ό,τι καλύτερο έχω κάνει στη ζωή μου γιατρέ», είπε και τα μάτια του γέμισαν δάκρυα.

Ο γιατρός τον χτύπησε φιλικά στον ώμο. «Όταν συνέλθει η Έρικα, θα τον πάρουμε στο δωμάτιό της και τότε θα μπορείτε να τον αγκαλιάσετε», του είπε με κατανόηση.

Ο Ρίτσαρντ πέρασε τη νύχτα στο νοσοκομείο. Ήθελε να είναι κοντά τους. Ο ύπνος τον είχε πάρει πολύ βαθιά. Ήταν εξαντλημένος.

Η Έρικα, εκτός από μώλωπες σ' όλο της το κορμί, δεν είχε πάθει τίποτε άλλο στο ατύχημα. Ήταν καλά γυμνασμένο το κορμί της κι αυτό τη βοήθησε ν' αντιδράσει γρήγορα στο πέσιμο, προστατεύοντάς την απ' τα σπασίματα.

Είχε ξυπνήσει νωρίς το πρωί και πονούσε πολύ. Απ' τη μια οι μώλωπες κι απ' την άλλη η καισαρική τομή που της είχαν κάνει, την έκαναν να βογκάει ασταμάτητα. «Πονάω πολύ» φώναζε, «πονάω Θεέ μου!» Οι νοσοκόμες της έκαναν μια δυνατή παυσίπονη ένεση κι αυτό τη συνέφερε αρκετά. Ο πόνος είχε γίνει πιο υποφερτός.

Η Κάρεν είχε ξυπνήσει απ' τα βογκητά της. Έμεινε μαζί της μέχρι να συνέλθει. Η Έρικα κοντά της ένιωθε ανακούφιση. Ξαφνικά την κυρίεψε ο πανικός. Όλα πέρασαν αστραπιαία σαν ταινία απ' το μυαλό της.

«Το παιδί μου Κάρεν; Τι έγινε το παιδί μου;» της φώναζε μ' αγωνία.

«Ηρέμησε γλυκιά μου, ηρέμησε», της είπε αγκαλιάζοντάς την. «Ο μπέμπης είναι καλά κι είναι και πολύ όμορφος».

Η Έρικα χαμογέλασε. Έκλεισε για λίγο τα μάτια, μετά τ' άνοιξε και κοίταξε την Κάρεν.

«Ο Ρίτσαρντ;» τη ρώτησε με δισταγμό.

«Ο Ρίτσαρντ είναι εδώ».

«Πού εδώ;»

«Εδώ, έξω απ' την πόρτα σου». Τα μάτια της Έρικα κοίταζαν ερωτηματικά την Κάρεν.

«Είσαι κουρασμένη αγάπη μου. Θα σου τα διηγηθώ όλα αργότερα».

«Όχι, τώρα θα μου τα πεις!» είπε η Έρικα επιτακτικά.

«Καλά κορίτσι μου, θα σου τα πω...» Η Κάρεν της τα διηγήθηκε όλα, στιγμή προς στιγμή, λέξη προς λέξη... Η Έρικα δάκρυσε.

«Μ' αγαπά Κάρεν», της είπε.

«Σε λατρεύει, αγάπη μου. Θα δεις, όλα θα πάνε καλά από τώρα και στο εξής».

Ο Ρίτσαρντ πετάχτηκε ξαφνικά απ' τον καναπέ. Κοίταξε το ρολόι. Η ώρα ήταν δέκα. «Πώς κοιμήθηκα τόσο αργά;» αναρωτήθηκε. «Πρέπει να δω την Έρικα». Έτρεξε στο δωμάτιό της. Χτύπησε την πόρτα κι άνοιξε.

Η Έρικα βρισκόταν καθισμένη στο κρεβάτι με το γιο τους αγκαλιά. «Θεέ μου τι όμορφη εικόνα! Δυο άνθρωποι δικοί μου. Η γυναίκα που λατρεύω με το παιδί μου», σκεφτόταν μ' αγαλλίαση. Η Έρικα τον κοίταζε μ' όλη την αγάπη ζωγραφισμένη στο πρόσωπό της.

«Καλημέρα αγάπη μου», της είπε μ' ένα γλυκό χαμόγελο.

Η Έρικα δάκρυσε. Πόσο πολύ είχε περιμένει αλήθεια μέχρι ν' ακούσει απ' το στόμα του αυτή τη λέξη; Πόσο πραγματικά πόθησε αυτή τη στιγμή!

«Καλημέρα και σένα αγάπη μου», του είπε και τα μάτια της γέμισαν δάκρυα.

«Μην κλαις πια γλυκιά μου. Πέρασαν όλα τώρα πια. Δεν θα σ' αφήσω και δεν θα σε πικράνω ποτέ ξανά».

Ο Ρίτσαρντ τους είχε πλησιάσει αλλά φοβόταν να τους αγγίξει. Φοβόταν μήπως ζούσε ένα όνειρο. Η Έρικα άπλωσε το χέρι της αναζητώντας το δικό του. Αυτός έσκυψε και φίλησε και τους δυο τρυφερά στα μάγουλα.

«Συγγνώμη αγάπη μου», της είπε και την αγκάλιασε.

«Τελείωσαν όλα τώρα πια Ρίτσαρντ. Θα είμαστε για πάντα μαζί».

«Ναι γλυκιά μου! Εσείς οι δύο είσαστε η ζωή μου τώρα πια».

Ο μικρός άρχισε να κλαίει κι ο Ρίτσαρντ αναστατώθηκε.

«Τι έπαθε ξαφνικά;»

«Μην ανησυχείς, θα πεινάει», είπε η Έρικα και του έδωσε το μπιμπερό.

«Πώς θα ήθελες να τον ονομάσουμε;» τον ρώτησε η Έρικα.

«Πολ», της είπε ο Ρίτσαρντ. «Προς τιμή ενός φίλου που μου έδωσε ζωή».

Η Έρικα κατάλαβε και του χαμογέλασε.

Παντρεύτηκαν μόλις η Έρικα συνήλθε εντελώς. Ήταν ένας γάμος πολύ όμορφος γεμάτος λουλούδια κι αγάπη. Είχε παρευρεθεί πολύς κόσμος κι όλοι τον χαρακτήρισαν σαν τον γάμο της χρονιάς.

Ο Ρίτσαρντ είχε μιλήσει στους γονείς της Έρικα όταν εκείνη ακόμα βρισκόταν στο νοσοκομείο. Είχαν λυγίσει όταν έμαθαν ότι η μοναχοκόρη τους, τους είχε χαρίσει ένα πανέμορφο εγγονάκι. Έκλαψαν πολύ όταν ο Ρίτσαρντ τους εξιστόρησε πόσο κοντά είχε φτάσει η Έρικα στο θάνατο, ενώ εκείνοι βρίσκονταν τόσο μακριά της με τη θέλησή τους. Τους διηγήθηκε τα πάντα. Τη ζωή του πριν την Έρικα, την ζωή του με την Έρικα, το ταξίδι στην Ιταλία, τ' όνειρο κι όλα όσα συνέβησαν μετά την επιστροφή του στην Αγγλία. Τους ζήτησε να τον συγχωρέσουν. Τον συγχώρεσαν δίνοντάς του την ευχή τους. Μάλιστα, θέλησαν κι οι ίδιοι να δουν την κόρη τους και να της ζητήσουν συγχώρεση. Έκλαψαν όλοι πολύ.

Ο Ρίτσαρντ τους ζήτησε επίσημα το χέρι της κόρης τους κι έβαλε τον πεθερό του υπεύθυνο στις επιχειρήσεις του, γιατί όπως τους είπε, η κόρη τους τα είχε καταφέρει τόσο καλά που τώρα δυσκολευόταν μόνος του να τα βγάλει πέρα. Γέλασαν όλοι με το παράπονο του Ρίτσαρντ. Όλα πήραν αισίως τον δρόμο τους.

Είχε περάσει ένας χρόνος από εκείνη τη μέρα. Ο Ρίτσαρντ καθόταν στο σαλόνι του σπιτιού του κι έπαιζε με τον μικρό Πολ. Η Έρικα μπήκε στο δωμάτιο όμορφη όσο ποτέ. Ήταν πολύ ευτυχισμένη. Κοίταζε με καμάρι τους δυο άντρες της ζωής της και χαμογελούσε.

«Τι κάνουν οι άντρες μου; Μου χαλάνε το σπίτι;» είπε δήθεν μαλώνοντάς τους.

Ο Πολ άπλωσε τα χεράκια του κι η Έρικα τον σήκωσε στην αγκαλιά της.

«Έρικα», είπε ο Ρίτσαρντ, «σκεφτόμουν ότι καλά θα ήταν να πηγαίναμε ένα ταξίδι στην Ιταλία!» Μια αστραπή ανησυχίας πέρασε απ' τα μάτια της και τον κοίταξε μ' απορία. «Μίλησα χτες με τον Μάρκο και μας προσκάλεσε στον πύργο του. Θα ήθελα πολύ να πάω». Ο τρόμος γέμισε τώρα τα μάτια της.

«Μα Ρίτσαρντ...» άρχισε να λέει.

«Μη φοβάσαι αγάπη μου... Την ξέρεις την ιστορία. Όποιος κι αν ήταν ο Πάολο Βαλέντι μας έσωσε τη ζωή. Με προειδοποίησε και με συνέφερε την κατάλληλη στιγμή. Έτσι δεν σ' έχασα. Ούτε εσένα αλλά ούτε και τον Πολ. Νιώθω απεριόριστη ευγνωμοσύνη γι' αυτόν τον άνθρωπο απ' το παρελθόν. Δεν ξέρω αν ήμουν εγώ σε μια άλλη ζωή Έρικα ή αν ήταν κάποιος ο οποίος πόνεσε τόσο πολύ, που προσπάθησε να προστατεύσει εμένα απ' αυτό τον πόνο. Εκείνο που ξέρω είναι ότι του οφείλω ένα μεγάλο ευχαριστώ. Τι λες; Πάμε στην Ιταλία την επόμενη εβδομάδα;»

Τα μάτια της Έρικα είχαν γεμίσει δάκρυα. Αναλογίστηκε όσα είχαν συμβεί και πόσα είχε ζήσει ο Πάολο Βαλέντι. Ναι, είχε δίκιο ο Ρίτσαρντ. Του χρωστούσαν κι οι δύο κάτι περισσότερο από ευγνωμοσύνη.

«Εντάξει Ρίτσαρντ. Θα πάμε Ιταλία την επόμενη εβδομάδα».

Το ταξίδι ήταν μακρινό κι ο μικρός Πολ είχε ταλαιπωρηθεί, γι' αυτό κι ήταν ανήσυχος. Η Έρικα τον κρατούσε στην αγκαλιά της. Ο Μάρκο τους περίμενε στ' αεροδρόμιο μαζί με τη γυναίκα του, η οποία ξετρελάθηκε με τον Πολ απ' την πρώτη στιγμή και σ' όλη τη διαδρομή ασχολείτο συνέχεια μαζί του. Συνέχισε να τον κρατά γι' αρκετή ώρα ακόμα κι όταν έφτασαν στον πύργο.

«Μα Λορένα, θα σε κουράσει ο Πολ. Τον κρατάς και σε βασανίζει τόσες ώρες!» της είπε η Έρικα.

«Δεν με πειράζει Έρικα. Βλέπεις...» κόμπιασε λίγο, «πριν από πολύ καιρό είχα ένα σοβαρό ατύχημα. Οι γιατροί μου είπαν ότι δεν θα μπορέσω ποτέ να κάνω παιδιά κι εγώ τα αγαπώ τόσο πολύ...»

Στα μάτια της ήταν ζωγραφισμένη η θλίψη. Η Έρικα ένιωσε αμηχανία. Δεν ήξερε τι να πει. Είναι ευλογία Θεού τα παιδιά κι είναι δυστυχισμένοι αυτοί που δεν την έχουν.

Η Λορένα σκούπισε δυο δάκρυα που κύλησαν από τα μάτια της.

«Θα σε πείραζε αν γινόμουν η νονά του;» ρώτησε με παρακλητικό τρόπο την Έρικα.

«Μήπως θα μπορούσε να έχει καλύτερη νονά από εσένα;» της είπε η Έρικα χαμογελώντας της γλυκά.

Η Λορένα χάρηκε πολύ κι έτρεξε αμέσως να τ' ανακοινώσει στον άντρα της.

Την επόμενη μέρα ο Ρίτσαρντ ξεκίνησε μόνος για να εκπληρώσει αυτό που ένιωθε ότι έπρεπε να κάνει. Οδηγούσε ώρες μέχρι που έφτασε στο νεκροταφείο. Βρήκε τον οικογενειακό τάφο των Μπαρέζε κι άφησε εκεί ένα τεράστιο μπουκέτο από κόκκινα τριαντάφυλλα με μια κάρτα που έλεγε:

"Μέσα απ' την καρδιά μου σου ζητώ ένα μεγάλο συγγνώμη, αγάπη μου".

Μπήκε στ' αυτοκίνητο συγκινημένος.

«Είθε η ψυχή σου Αριάννα μου ν' αναπαυθεί για πάντα...» είπε.

Πήρε το δρόμο του γυρισμού. Σταμάτησε στο νεκροταφείο του χωριού και μπήκε μέσα. Σε μια μακρινή γωνιά υπήρχε ένας παλιός, απεριποίητος, εντελώς ξεχασμένος τάφος, ο οποίος έγραφε μόνο "Κόντε Πάολο Βαλέντι". Ο Ρίτσαρντ άφησε κι εδώ ένα μπουκέτο με κόκκινα τριαντάφυλλα.

«Δεν ξέρω φίλε μου αν εσύ είμαι εγώ. Εκείνο που ξέρω είναι ότι σ' ένιωσα. Έζησα κάθε στιγμή της ζωής σου και νιώθω πραγματικά ένα μ' εσένα. Σ' ευχαριστώ για όσα έκανες για μένα. Θα σου χρωστώ ευγνωμοσύνη για όλη μου τη ζωή».

Ο Ρίτσαρντ ένιωθε έντονα το συναίσθημα ότι πραγματικά ήταν η μετεμψύχωση του Κόντε Πάολο Βαλέντι απ' τη στιγμή που πάτησε το πόδι του στην Ιταλία. Γι' αυτό θέλησε να επισκεφτεί τον τάφο της Αριάννας. Γιατί την ένιωθε δική του κι ήθελε ν' απολογηθεί για το κακό που της έκανε.

Την επομένη έδωσε οδηγίες για να επισκευάσουν και να περιποιηθούν τον τάφο του Πάολο Βαλέντι. Κανόνισε επίσης να πηγαίνει κάποιος εκεί να τον περιποιείται και να βάζει καθημερινά λουλούδια.

Έμειναν δυο εβδομάδες στην Ιταλία. Η επίσκεψή τους είχε γίνει ευρέως γνωστή κι όλα τα μέσα μαζικής ενημέρωσης φρόντισαν να καλύψουν το γεγονός μ' εκτενή ρεπορτάζ, αναλύοντας και τους λόγους που τον ώθησαν να επιστρέψει στον πύργο που ανήκε κάποτε στον Κόντε Πάολο Βαλέντι.

Έτσι όλα όσα λέγονταν, όλες οι προκαταλήψεις, όλο το μυστήριο που τύλιγε τ' όνομα αυτού του ανθρώπου διαλύθηκε. Όλοι τώρα ήξεραν ότι δεν ήταν τίποτε άλλο από ένας δυστυχισμένος άνθρωπος, ο οποίος γύρισε χρόνια μετά για ν' αποτρέψει έναν άλλο να πέσει στην παγίδα του χρήματος και του εγωισμού, ή ίσως είχε γυρίσει πίσω ο ίδιος για να διορθώσει τα λάθη του.

Ο Ρίτσαρντ ήταν φανερά ικανοποιημένος για την όλη τροπή που είχαν πάρει τα πράγματα. Φεύγοντας, ζήτησε απ' το Μάρκο ν' αγοράσει το πορτραίτο του Κόντε Πάολο Βαλέντι αλλά ο Μάρκο δε δέχτηκε χρήματα.

«Πάρ' το, σου το χαρίζω», του είπε, «είναι φανερό ότι σου ανήκει».

Ο Ρίτσαρντ το κρέμασε στο κεντρικότερο σημείο του σαλονιού του για να του θυμίζει τις πραγματικές αξίες της ζωής. Θαύμαζε τον πίνακα όταν η Έρικα μπήκε στο δωμάτιο.

«Πώς σου φαίνεται αγάπη μου;» τη ρώτησε αλλά έχασε το χρώμα του όταν την είδε να λικνίζεται επικίνδυνα κρατώντας το κεφάλι της. Έτρεξε κοντά της.

«Τι σου συμβαίνει αγάπη μου; Είσαι καλά;» Την είχε αγκαλιάσει και την κρατούσε σφικτά.

«Καλά είμαι» ,του είπε. «Μια ξαφνική αδιαθεσία ήταν.» Τον κοίταξε παιγνιδιάρικα στα μάτια και πήρε το χέρι του και το έβαλε στην κοιλιά της.

«Μόλις έμαθα ότι θα γίνουμε πέντε...»

«Τι εννοείς πέντε;» τη ρώτησε απορημένος.

«Εννοώ ότι είμαι έγκυος βρε χαζέ... Δίδυμα...!» γελούσε καθώς του το έλεγε.

«Δίδυμα;» Τρελάθηκε απ' την χαρά του.

«Αγάπη μου!!!» της είπε και τη φίλησε μ' όλη του τη ψυχή.

www.ingramcontent.com/pod-product-compliance
Lightning Source LLC
Chambersburg PA
CBHW050350030726
47503CB00008B/2705

* 9 7 8 9 6 0 6 7 9 6 4 3 2 *